불안한 행복

불안한
행복

김미원 수필집

삶은 불안을 기억하며 행복해진다

특별한서재

시간이 흐르면 인생이란 피부에는 주름과 기미가 생긴다. 그 주름과 기미에 그늘지거나 얼룩진 순간들을 작가는 한 획의 낭비 없이 차분하게 기록했다. 인생을 주사위로 비유했던 니체처럼, 김미원 선생은 인생을 제비뽑기로 비유한다. 수많은 인물과 작품을 호출하는 지혜로운 성찰은 빈센트 반 고흐에게 보내는 편지처럼 따스하다. 절제의 진면목을 보이는 에세이들 중 몇 편은 단아한 소설 한 편을 읽는 기분이 든다.

제비뽑기의 결과가 어떠하든, 느닷없는 파도를 제어하며 항해하는 이 오디세이는 권태와 전염병을 이겨내라는 힘센 응원이 아닌가.

김응교(시인, 숙명여대 교수)

김미원의 글은 단단하다. 그 단단함은 그의 글을 마음 놓고 끝까지 읽게 한다. 독자는 글 쓴 사람을 신뢰하며 읽으니까 불안하지 않다. 하지만 작가는 '불안한 행복'을 내비친다. 불안한 행복이라……. 그의 불안한 행복은 삶에서 늘 들고 나는 기미이다. 이를테면 어떤 낌새. 나고 죽는 것, 기쁘거나 슬픈 것, 이루거나 못 이룬 것, 떠나거나 머물러 있는 것 등.

삶을 살면서 부닥치는 모든 것들이 다 그가 말하는 인생의 기미이다. 그는 그 기미를 놓치지 않는다. 그는 인생의 기미를 글에 담는다. 그러기에 삶을 살고 있는 이는 누구나 툭 한마디를 던질 수 있다. 다른 사람이 그가 그려놓은 밑그림에 덧칠하지만 본 그림은 변하지 않는다. 다른 사람의 훈수조차도 그의 글은 빨아들인다. 글이 단단하지 않고는 가능하지 않은 일이다.

그에게 흔들림은 중심을 잡기 위한 것일 게다. 인생의 기미를 알아차리며 산다는 건 자연스레 나이 들어간다는 것. 이 수필집엔 어린 시절은 물론 성장기를 거쳐 나이 들어가면서 직·간접으로 만났던 사람과 일, 사건이나 상황들이 적지 않게 담겨 있다. 그래서 그의 기미는 삶의 은유다.

박상률(시인, 소설가)

어릴 적 비 개인 고향 냇가에서 신나게 물장구치던 날. 산 너머엔 아주 커다란 형형색의 무지개가 떠 있던 날. 나는 그걸 잡으러 마구 달렸다. 스멀스멀 얇게 펼쳐진 물안개 비슷한 곳까지 달려가서 손으로 잡고 비비며 만져보곤 했다.

'빨주노초파남보' 일곱 가지 색들이 모여 무지개가 된다는 것은 초등학교 미술 시간에 알게 되었다. 아름다운 근원(미원)을 평생 간판(이름)처럼 가지고 있는 김미원 작가의 글들은, 평소 경험하고 체험한 일상들을 진솔하게 펼쳐놓는다. 마치 무지갯빛 같은 작품으로 엮여 빛이 난다.

시와 소설, 노래가 있고 역사와 인문학 등이 고루 어우러진 글들을 보고 있노라면, 고즈넉한 고향 돌담길을 마냥 걷고 싶은 충동이 인다.

김미원 작가는 천상 무지개를 닮은 문학소녀이다.

장사익(음악가)

인생의 기미에 대해 쓰고 싶었다. 가는 것, 지는 것, 쓸쓸한 것, 약한 것, 남루한 것, 적막한 것과 사라져가는 숙명을 지닌 생명 있는 것들에 대한 연민을 가지고 따뜻한 글을 쓰고 싶었다.

인생은 오지 않는 고도를 기다리는 블라디미르와 에스트라공의 삶처럼 단조롭고, 재미없고 지루하지만 그 은유를 이해하기에 견딜 수 있다. 이 견디는 힘 중에 읽기와 쓰기가 있다. 읽으면서 만난 훌륭한 문장, 쓰면서 깨닫게 되는 삶의 비밀로 나는 단단해지고 깊어지고 있다고 믿는다.

비행기는 일정 고도를 잡기 전까지 흔들리지만, 일단 궤도에 진입하면 잘 흔들리지 않는다. 그러나 나는 여전히 흔들린다. 책 읽기와 글쓰기가 흔들림을 잡아준다. 일정 고도에 진입해도 난기류를 만나면 요동치듯, 남은 인생도 그러할 것이다. 혼자 있는 시간이 늘어가지만 혼자 있음을 즐기니 축복이라 여긴다.

가끔, 나는 글쓰기의 궁지에 몰려 있는가 묻는다. 그러나 나는 글 없이도 잘 살았고, 행복했다. 글보다 삶이 소중하다. 그래도 아주 가끔, 글에 내몰리듯, 몸으로 치열하게 글을 쓰고 싶다.

『즐거운 고통』, 『달콤한 슬픔』에 이어 세 번째 책 『불안한 행복』을 세상에 내보낸다. 내게 있어 인생은 아이러니이고 패러독스의 연속이다. 더 독하게 삶의 아이러니와 패러독스를 느낀다면 네 번째 책을 낼지도 모르겠다.

세 권의 수필집을 내면서 책 읽고 글 쓰는 모습을 좋아하고 인정해주는 남편에게 처음으로 고마움을 전한다. 돋보기를 끼고 책을 보고 컴퓨터 자판을 두드리는 모습을 조용히 바라보며 흐뭇해하던, 눈물 흘리며 인생이라는 양파를 까고 있는 나에게 초심으로 돌아가라고 말해주는 남편이 고맙다.

2021년 2월
김미원

목차

추천사 • 4
생의 기미에 대해 • 6

운 다 고

사 랑 이

제비뽑기 • 12
정략결혼의 대가 • 17
노인을 위한 나라는 없다 • 22
메멘토 모리 • 27
운다고 사랑이 • 32
목소리를 잃고 나는 쓰네 • 38
옥니, 곱슬머리 최 여사 • 42
기억의 재구성 • 47
영원한 이별을 대하는 자세 • 52
숨탄것 • 57
미르 • 62

불 안 한

행 복

오래된 미래 • 70
갑작스런 이별 • 75
불안한 행복 • 81
견딜 수 없네 • 85
눈물, 그 인생의 함의 • 91
중노인의 어느 봄날 • 95
바람처럼 자유롭게 • 99
사진은 슬프다 • 105
그들은 모두 어디로 갔을까 • 110
100년보다 더 긴 7일 • 115
나의 산딸기 오믈렛 • 119

한 번,
단 한 번,

단
한
사
람

당돌한 수필 • 126

자기만의 방 • 131

한 번, 단 한 번, 단 한 사람 • 136

세상의 모든 아들 • 141

문제적 남자 • 146

말을 잘하는 것 • 151

함께 나이 드는 여자에게 • 156

'그녀'를 찾는 아들에게 • 162

아버지와 딸 • 166

깃털처럼 가벼운 • 171

파이 나누기 • 175

생 의

한
가
운
데

본질을 사랑하지 못하는 남자의 비극 • 182

여자들의 전쟁 이야기 • 189

하늘의 낭만주의자, 생텍스 • 194

생의 한가운데 • 200

빈센트, 당신 • 205

조르바라니, 언감생심 • 213

하지 않는 편을 택하겠습니다 • 218

가벼우면서도 비장한 • 224

바이런은 왜 그리스에서 죽었을까 • 231

달도 차면 기울고 • 238

사랑을 받거나 사랑을 하게 되면

너도 하얗게 달궈진 그릴 위에서

살아가는 고통이 어떤 건지

알게 될 거야.

샨사 『바둑 두는 여자』 •

• 샨사, 『바둑 두는 여자』, 이상해 옮김, 현대문학, 2004.

운 다 고

사
랑
이

제비뽑기

초등학교 2학년쯤 되었을 땐가, 시골 할머니 댁에 가신 엄마를 대신해 친목계에 간 적이 있었다. 2층에 있는 미장원에 열 명쯤 되는 동네 아줌마들이 모여들었다. 나는 쭈뼛쭈뼛 들어가 구석 한편에 조용히 앉았다. 계원들이 다 모이자 계주인 듯한 아줌마가 종이를 던졌다.

어른들은 모두들 서로 먼저 줍겠다고 머리를 숙이고 손을 내밀었다. 일찍 줍는다고 동그라미를 잡는 것이 아니라는 생각에 어른들이 우스워 보였다. 나는 마지막 남은 한 장을 천천히 집어 들었다.

아줌마들은 성급히 종이를 열어 당첨 여부를 확인하고는 실망한 표정을 감추지 못했다. 슬로모션처럼 천천히 내 종이를 열었다. 커다란 동그라미가 그려져 있었다.

그 후 지금까지 그렇게 우연히 찾아온 행운은 없었다. 송년회에서 경품으로 와인을 받은 적도, 동네 슈퍼 개점 행사에서 주는 자전거나 식용유조차 받아본 적도 없었지만 내 것이 아닌 것은 탐하지 않았으므로 딱히 서운하지도 억울하지도 않았다.

9년째 장애인 복지관에서 변변찮은 글솜씨와 부족한 지식으로 그들과 소통하고 있다. 비장애인보다 더 큰 좌절과 슬픔을 안은 그들은 삶 속에서 건져 올린 날것의 글들을 토해내며 과거의 상처와 화해하고 장애를 준 인생을 보듬는다.

그들 대부분은 한때 UN 산하기관에서, 또는 교사로, 잘나가던 사업가로 나라에 세금을 내던 중도 장애인이다. 예기치 않은 사고와 뇌졸중 등으로 장애인이 된 사연도 다양하다. 나는 아직도 휠체어를 밀고 들어오는 모습이나 절뚝거리며 걷는 그들을 정면으로 바라보지 못한다. 면구스럽고 어색하다.

그들 모두 누군가에게 종주먹을 들이대며 화를 내고 좌절하다가 신선한 공기 한 모금, 바위틈에서 피어난 민들레 한 송이에 살아야 한다는 의지를 불태우며 피나는 재활 치료 과정을 거쳤다. 이렇게나마 움직여 수업을 듣고 과거를 회상할 수 있는 현재가 감사하다고 한다. 그들의 언어는 따뜻하고, 얼굴에는 미소가 흐른다. 장애가 아니었으면 세상이 이렇게 아름답고 하루하루가 소중한 걸 몰랐을 것이라고들 한다. 사람들의 불편한 시선을 느끼며 휠체어를 타고 극장 뒷자리에 앉아 영화를 감상할지라도, 스타벅스 같은 좋은 커피숍에 자유로이 드나들 수 없을지라도 다시 주어진 생명에 감사한다. 같은 아픔을 공유한 그들이기에 장애인들의 만남은 정이 넘친다.

그들을 볼 때마다 긍정적인 에너지에 놀라고, 감사하며 살지 못하는 내가 부끄럽다. 자신을 토해내는 이 시간을 기다리는 그들은 나를 선생으로 극진히 대접한다. 교직을 이수했지만 좋은 선생님이 될 자신이 없어 자격증도 찾아오지 않았던 내가 뒤늦게 선생 대접을 확실히 받고 있는 셈이다.

나는 가끔 그들에게 멋진 옷을 입혀 근사한 식당에서 식사하는 모습을 상상한다. 휠체어 대신 검은 고급 세단에서 내리는 모습이나, 비좁은 복지관에서 운동하는 모습 대신 채광 좋은 최신 시설이 갖춰진 넓은 스포츠센터에서 운동하는 모습으로 바꾸어 보기도 한다. 오래전부터 입어오던 그들의 옷인 양 잘 어울린다.

내가 좋아하는 친구의 아버지 인생론 중에 '제비뽑기론'이 있다. 우리는 살면서 제비를 뽑으며 살아가는데, 어떤 때는 좋은 제비를 뽑기도 하고 어떤 때는 재수 없는 제비를 뽑기도 한다.

핵심은 이 제비가 확률에 의한 것이라는 점이다. 내가 좋은 제비를 뽑으면 다른 사람이 나쁜 제비를 뽑을 확률이 높아지고, 내가 나쁜 것을 뽑으면 다른 사람에게 그만큼 좋은 기회가 간다는 것이다. 그래서 좋은 제비를 뽑은 형제가 나쁜 제비를 뽑은 형제를 빚진 마음으로 도우며 우애 있게 살라고 하셨단다. 이 관계는 형제에 국한된 것만은 아니리라. 남을 배려하고 항상 미소를 띠는 천사 같은 그 친구 품성이 어디서 왔는지 알 듯하다.

대학 동창 일곱 명이 앙코르 와트에 놀러간 적이 있었다. 친구들과 떠난 첫 번째 해외여행이라 모두들 들떠 마음을 풀어놓고 어우러졌다. 호텔에 도착해 방을 나누는데, 미리 이야기하지도 않았건만 둘씩 짝지어 방으로 향하고 한 친구가 남았다. 그의 얼굴에 처음에는 당황한 표정이, 이어서 씁쓸하고 어색한 표정이 지나갔다.

나는 제비뽑기를 제안했다. 제비뽑기로 혼자 자게 된 친구는 넓은 침대를 혼자 쓰게 됐다며 좋아했다. 누구도 불평이 없었지만 처음부터 제비뽑기를 했더라면 만리장성을 쌓을 룸메이트에 대한 기대도 가질 수 있었을 것이며 혼자 남아 어색해하던 친구 모습을 보지 않아도 됐을 터였다. 제비뽑기는 불합리해 보이는 듯하지만 어찌 보면 가장 합리적일 수 있다.

모세의 지도로 이집트를 떠난 이스라엘 백성도 제비뽑기로 12지파의 땅을 나눴다. 성경에는 척박한 땅을 분배받은 사람들의 불평은 기록되지 않았다. 아마 제비뽑기를 하지 않았다면 칼로 땅이 나뉘었을 것이다.

열 살도 안 된 어린 내가 제비는 노력의 산물이 아니라는 것을 어렴풋이나마 알았을까. 그 후 살면서 아무리 원해도 내 것이 아닌 것은 영원히 오지 않고, 원하지 않은 것은 내가 지쳐 떨어질 때까지 따라온다는 삶의 진리를 알게 되었다.

때론 인생이 너무 가벼워 날아가지 않을까 겁이 날 정도로 행복한 적도 있었고, 때론 인생을 힘겹게 메고 지고 올라간 적도 있었다. 내가 가벼울 땐 누군가 삶의 무거움으로 눈물을 흘렸을 것이고, 내가 가파른 고개를 올라갈 때는 누군가 콧노래를 부르며 아름다운 숲길을 거닐고 있었을 것이다.

평안과 평안하지 않음이 교직되어 내 인생의 옷을 만들어냈다. 그러므로 행복에 취해 있지도 말 것이며, 힘들다 해도 이 또한 지나갈 것이니 투정을 부리지 말아야 할 일이다. 복지관에 갈 때마다 내가 위선을 부리는 게 아닐까, 이쯤에서 그만두어야 하지 않을까 망설이기도 하지만 나 대신 나쁜 패를 뽑은 누군가를 생각하며 갈 때까지 가보려 한다.

정략결혼의 대가

사랑을 받거나 사랑을 하게 되면 너도 하얗게 달궈진 그릴 위에
서 살아가는 고통이 어떤 건지 알게 될 거야.

샨사 『바둑 두는 여자』

나는 그릴 위의 고통을 모른다. 그러니 어쩌면 사랑을 하지
않았는지 모르겠다. 그릴 위 타는 듯한 고통도 없이 나는 남자를
만나 사랑한다 '생각했고' 결혼했다.

연애 시절 남편의 전화를 기다리고 애태우던 것도 사랑이라
면 사랑을 했는지도 모르겠다. 남편이 좋아하는 갈치 가운데 토

막을 흔쾌히 양보하고, 내가 입은 원피스가 마음에 든다는 말에 그와 외출할 때 그 옷을 입는 것도 사랑이라면 지금도 사랑하고 있다고 말할 수 있겠다.

딸은 결혼 전 소위 조건이 괜찮은 몇 명의 남자들을 만났다. 결론 끝에 딸은 심성 착하기가 그만이고 남을 먼저 배려하는, 사회복지기관에서 일하는 신심 깊은 교회 오빠를 데리고 왔다. 딸은 뒷바라지를 해야 하는 남자보다 자신을 배려해주는 따뜻한 남자를 고른 것이다.

결혼은 타협이다.

결혼하지 않은 자, 혹은 결혼하지 못한 자는 지나치게 정략적이거나 반대로 정략적이지 못한 것이다. 결혼은 용감한 자가 하는 것이다. 생각이 많고 망설이는 자는 결혼에 '이르지' 못한다. 결혼은 적당한 선에서 자기의 마음을 접고, '그래, 이쯤이야' 할 때 하는 것이다.

남자와 여자가 처음 만나면 빛의 속도로 서로를 스캔하며 본능적으로 나에게 없는 부분을 찾는다. 외모든, 경제력이든, 유머든, 명예든, 마음을 편하게 하는 것이든, 그 어느 것에 마음이 가게 된다. 그 꽂히는 것에 온 마음을 두면 다른 단점은 눈에 보이지 않는다. 그러나 단 하나의 사소한 단점이 다른 여러 장점보다 크게 느껴지면 결코 결혼은 이루어지지 않는다.

대학 3학년 때 의대생과 미팅을 했다. 앉자마자 그는 내게 질문 공세를 펼쳤다. 봄 여름 가을 겨울 중 어느 계절이 좋으냐, 아침 점심 저녁 중 어느 때가 좋으냐는 등의 질문을 열 개쯤 해서 내 성격을 알아맞히려 했던 것 같다. 참으로 순진한 청년이었다. 아버지는 전라도 어디 개업의라 했다. 그런데 하나뿐인 딸을 고등학교까지만 보냈다고 했다.

그가 이 말을 하는 순간 나는 딸을 고등학교만 마치게 한 그 집안의 고루한 분위기를 짐작할 수 있었다. 지금은 그가 나에게 빠져 모든 걸 내 뜻대로 따르지만, 결혼 후에는 아버지처럼 고루하게 여자를 억압할 마초 기질이 나타날 수도 있을 것이라는 계산까지 앞서 했다. 그는 내 스캔 결과 아웃이었다. 냉정하게 돌아선 내가 무서워 우리 집 초인종을 누르지 못하고 담 밑에서 당시 유행하던 정태춘의 〈촛불〉을 부르다 돌아갔던, 시를 쓰며 문·사·철을 알던 의대생이었지만 나는 끝내 그를 버렸다.

'노가다'인 남편을 만나 결혼해야겠다고 결심한 것은 내가 가지지 못한 현실 감각과 솔직함을 그가 지녔기 때문이었다. 생각이 많은 나와 달리 땅에 발을 딛고 사는 남자일 것 같았다. 나를 편안하게 해주고, 영혼이 자유로운 나를 구속하지 않을 것이라는 생각도 했다. 당치않게 잘생기지도 못생기지도 않은 외모도 좋았다. 남편이 들으면 서운할 이야기지만, 나는 '물 좋고 정자 좋은 곳 없다'는 엄마 말이 그럴 듯하다고 생각해 둘 중 하나를 고르기로 했다.

더 좋은 조건을 가진 남자를 제치고 그를 택한 것을 사랑이라 믿었다. 하지만 엄밀히 따져보면 나름대로 계산속이 있었던 거다. 그의 프러포즈를 받아들이기로 한 순간, 나한테 더 맞는, 더 좋은 인연이 오면 어떡하나 하는 생각이 떠올랐지만 이 남자를 놓치면 후회할 것 같아 결혼을 감행했다. 그래서 나는 인디언 아파치족의 결혼 축시祝詩대로 '우리들의 집으로 들어갔고 함께 있는 날들 속으로' 들어갔다.

살면서 그는 내가 예상한 모습과 많이 다르다는 것을 알았고, 내가 그를 고른 장점의 효력도 떨어져갔다. 그럴 위 고통을 느낄 정도의 사랑을 하지 않은 대가를 치러야 했다. 내 나름의 정략결혼에 대한 대가였다. 그럴 때마다 그에게 빠졌던 순수했던 그 순간을 기억해냈다. 파안대소하던 모습, 내게 맛있는 것을 사주려고 맛집을 찾아 돌아다니던 모습, 그와 함께 맡던 오월 밤의 장미향도 떠올렸다.

정략결혼은 재벌이나 권문세가만 하는 게 아니다. 부부의 연을 맺은 평범한 사람들 역시 나름의 정략결혼을 한다. 정략결혼의 대가로 우리는 『천일야화』의 세헤라자데처럼 매일 끝없이 새로운 이야기를 만들어가야 한다. 부부의 은밀한 이야기들로 역사책을 써나가는 것이다. 마크 트웨인Mark Twain은 "어떤 남자와 여자도 결혼을 하고 25년이 지날 때까지는 완벽한 사랑이 무엇인지 진정으로 알 수 없다"고 했다. 이때의 사랑은 분명 그릴 위 사랑은 아니리라.

조선족 자치주 주도인 옌지延吉를 여행할 때 '결혼획책회사'라고 쓰여 있는 재미있는 간판을 보았다. 아마도 중매 회사인 모양이었다. 정략보다 더한 획책이라니, 웃음보가 터졌다.

딸이 사위와 결혼하겠다고 통보한 이후 지금까지 딸과 나는 한 번도 마음의 갈등 없이 평화시대를 맞고 있다. 딸은 정말로 결혼을 잘 획책한 듯하다.

노인을 위한
나라는 없다

○

늙음이란 "우리가 마음속으로 느끼지 못하지만, 바깥에서는 모든 사람들이 보는 것"이라고 가브리엘 마르케스Gabriel Marquez는 소설『내 슬픈 창녀들의 추억』에서 말한다. 시인 예이츠William Butler Yeats는 〈비잔티움의 항해〉라는 시에서 "늙은 사람이란 정말 보잘 것없는 것, / 막대기에 걸친 누더기 등거리, / 영혼을 싸는 육체의 옷이 갈기갈기 찢어지는 것"이라고 했다. 이쯤 되면 세월을 묶어 늙지 않았으면 좋겠다는, 말도 안 되는 생각까지 든다.

한때 세상을 쥐락펴락하던 알 만한 유명한 사람이 여든이 훌쩍 넘어 머리는 허예지고 지방이 빠진 비쩍 마른 몸조차 지탱하는 것이 힘겨워 지팡이에 의지해 걷는 것을 보고 충격을 받았다. 그에게 많은 지식이, 훌륭한 업적이 있다 한들 우리는 그것들을 읽을 수 없고 알 수도 없다. 그는 그저 외형상 나이 든 사람일 뿐이다. 타인이 내 늙음을 보는 것이 두려워 파우스트도 영혼을 젊음과 바꿨을까.

아침에 일어났을 때 몸 상태가 좋은 날과 그렇지 않은 날에 따라 기분과 일정이 좌우되듯, 요즘의 나는 몸의 지배를 받는다. 등짝이 불에 덴 듯 통증이 느껴지지만 정확히 어느 병원을 가야 할지 몰라 갱년기 탓으로 여기며 그냥 그 증상을 안고 살고 있다. 몸은 무겁고, 우울하고 아무것도 하기 싫다. 좋아하는 책조차 읽기 싫다. 입으면 덥고 벗으면 한기가 느껴져 무슨 옷을 꺼내 입어야 할지 몰라 옷장을 열고 한참을 생각한다. 겨우 골라 입은 옷은 스쳐 지나가는 행인들의 것보다 더 두껍다.

회원제 마트에서 회원 기간이 만료되었다 해서 연장하는 줄에 섰다. 한참을 기다려 점원 앞에 섰더니 번호표를 뽑아 줄을 서라 한다. 뒤돌아가 번호표를 뽑고 순서가 되어 갔더니 이번에는 회원 가입 서류에 뭔가 써오라고 말을 던졌다. 그러자 옆에 있던 딸이 처음부터 설명을 자세히 해주어야지 그렇게 퉁명스럽게 얘기하면 어떡하느냐고 항의한다. 젊은 여직원은 금세 표정을 바꾸고 미소까지 지으며 죄송하다고 사죄한다.

나는 딸이 고맙고 대견하고 든든하기까지 하다. 내가 웃었던

가. 하지만 분명 눈물을 찔끔 흘렸다. 그 점원은 화장도 하지 않고 '아무렇지도 않은' 옷을 입은 내가 우습게 보였나 보다. 나는 요즘 서러움을 잘 타고 세상과의 관계에 자신이 없어진다.

이제 노인으로 가는 길목, 중년과 노년의 경계에 서 있다고 생각하는 나는 시어머니와 며느리가 대화를 나누는 프로그램을 보다가 어느새 시어머니 편이 된 나를 보고 실소를 흘린다. 연일 언론에서는 늙음에 대해 이야기하고 있지만 결국 연장된 수명의 '비극'에 대한 이야기다. 치매 아내를 간병하다 동반 자살하는 뉴스도 곧잘 나오고, 며칠 전에는 홀로 있던 노인이 세상을 떠난 뒤 6년이나 지나 발견되기도 했다. 이름하여 고독사孤獨死. 해피엔딩으로 내 인생을 마무리하려면 노인이 되기 전, 자식들 눈치 보기 전 세상을 떠날 일이다.

아버지 가신 후 더 약해진 엄마의 모습 위로 어느 바닷가에서 원피스 수영복을 입고 모델처럼 옆으로 비스듬히 서서 포즈를 취한 젊을 적 스틸 사진이 지나간다. 입이 써 입맛이 돌지 않는다 하고, 비싼 영양주사를 맞아도 기운이 없다고 투정 부리는 주름 자글자글한 인물이 그녀와 같은 사람이라고 믿어지지 않는다.

이제 이성보다 감정적으로만 의사를 나타내는 엄마에게 나는 원망의 마음도 품을 수 없다. 서운함을 넘어 미움을 가질 때 내가 노인에게 무슨 일을 하고 있는 건가 화들짝 놀란다. 문안 전화할 때마다 몸의 통증을 호소하고, 상처받았던 과거의 반복

되는 이야기에 짜증이 난다. 자연 전화 거는 횟수가 준다. 내 마음이 편치 않으므로, 이제 나도 늙어 쉽게 상처받으니까.

슬픔과 고독은 늙음의 친구이다. 신체 능력이 떨어질수록 사회와 격리되어 결국 고립된다. 젊음은 젊음과, 노인은 노인과 어울려야 한다. 그것이 자연스러운 일이다.

사무엘 울만Samuel Ullman이 그 유명한 〈청춘〉이란 시에서 "나이를 먹어서 늙는 것이 아니라 이상을 잃어서 늙는 것"이고 "청춘은 인생의 어느 기간이 아니라 마음가짐"이라고 하는 것조차 공허해 보인다. 내가 냉소적인가. 하지만 나는 늙음이란 "우리가 마음속으로 느끼지는 못하지만, 바깥에서는 모든 사람이 보는 것"이란 마르케스의 말에 한 표를 던진다. 이것만큼 노인에 대한 정확한 정의를 나는 알지 못한다.

몸이 늙어 노인인 것을. 아이의 욕망과 노인의 욕망이 같은 것이라 해도 아이의 욕망은 귀여워 보이고 노인의 욕망은 추해 보인다. 어찌 생각하면 노인은 이성이 배제된 탐욕과 세상 경험으로 인해 축적된 오기와 고집덩어리일 수도 있다.

젊은이는 살아보지 못했으므로 노인을 이해하지 못한다. 그러나 피가 차가워지는 노인은 살아봤으므로 젊음을 이해할 수 있다. 노인의 지혜는 세월이 주는 선물이며 훈장이고, 세월 속 삶의 고난과 시련을 통해 정금같이 나오는 것이라고, 노인 한 명이 죽는 것은 도서관 하나가 사라지는 것이라고 겨우 마음을 다스리며 아침 신문을 펼치는데 '지하철 무임승차 65세에서 70세로 검토'라는 기사가 눈에 들어왔다.

노인을 위한 나라는 없다.

메멘토 모리

○

유족들이 영정을 앞세우고 장지를 향해 장례식장을 떠나자마자 인부들이 네 바퀴 달린 쓰레기차를 밀고 들어온다. 잠시나마 유족들을 위로하며 서 있던 조화들이 하나둘씩 치워지고 빗자루가 남겨진 잔해들을 쓸고 나간다.

빈소는 겨우 20분 만에 정리되고 다시 새로운 망자를 위한 장례식장이 차려진다. 30대 초반의 여자가 검은 옷을 입고 빨개진 눈으로 흐느끼며 들어섰다. 병원 직원들이 정중하고도 기계적으로 장례 절차에 대해 설명하고 여자는 정신이 나간 듯 고개만 끄떡거린다.

아버지의 장례를 치르는 이틀째 아침, 조문객이 뜸한 이른 시간 건너편 풍경을 보며 나는 내 미래를 '보고' 있다. 살아온 세월이 반세기를 넘기니 몇 년 후에는 내가 살아 있을까를 계산해보는 버릇이 생겼다. 두 분 아버님의 죽음에 이르는 과정과 동시대를 살았던 사람들의 떠남을 보면서 어느새 죽음이 내 안에 둥지를 틀었다. 관념의 죽음이 실체로 다가오며 나도 이제 떠나도 좋다는 생각까지 든다.

TV 의학 프로그램에서 갓 태어난 아기가 노인이 되는 시뮬레이션을 보며 충격을 받았다. 그 세월의 빠름이 한눈에 다가왔다. 인생을 요약하면 저렇게 단순한 것이로구나.

우리가 살아가는 하루하루는 더디지만 살아온 인생이라는 드라마를 빠른 화면으로 돌리면 그러할 것이다. 내 청춘의 경계는 어디였을까. 내 중년의 경계는? 그렇다면 내 노년의 경계는? 그다음은 죽음일까.

여자들이 아이를 잉태하고 있으면 그 모습이 얼마나 우수에 찬 아름다움을 느끼게 했는지. 그녀들은 자기도 모르게 가느다란 손을 배 위에 올려놓고 있는데, 그 커다란 배 속에는 두 개의 열매가 들어 있었다. 하나는 태어날 아이였고, 다른 하나는 죽음이었다.

라이너 마리아 릴케 『말테의 수기』

사춘기 시절 『말테의 수기』를 읽고 태어날 임산부의 배에서 희망과 탄생만을 읽을 줄 알았던 나는 태어나지도 않은 생명에게서 이미 죽음을 본 릴케에게 엄청난 충격을 받았다. 그즈음이었던 것 같다. 먹다 떨어뜨린 과자 부스러기를 나르는 긴 행렬의 개미들을 하릴없이 바라보다 개미들을 흐트러트리고 싶은 충동을 겨우 참았다.

그 개미가 인간의 모습 같아서 불쌍해 보였다. 개미는 자신의 운명을 좌지우지할 수 있는 인간이란 존재를 모르고 있을 것이다. 그 순간 나는 개미의 생사여탈을 주관할 수 있는 전능자였던 것이다.

나는 하늘에 개미 같은 우리를 바라보는 전지전능한 신이 있을 것이라고 생각했다. 그렇지 않다면 인간이 너무 불쌍하지 않은가. 대단한 만물의 영장이 죽으면 그만 끝이라는 게 믿어지지 않았다. 그리하여 크리스마스 때 선물 받는 재미로 다니던 교회를 한창 입시에 일로매진해야 할 시기에 진지하게 다니면서 엄마에게 공부 시간 뺏긴다고 잔소리를 들었다.

죽음은 가볍고도 무겁다. 한 인간이 고통스러운 삶과 육체에서 자유로운 몸이 된다는 것은 가벼운 일일 것이고 죽음까지 이르는 인생의 우여곡절을 생각하면 한없이 무거운 일이다. 브레히트Bertolt Brecht는 시 〈나의 어머니〉에서 이렇게 죽음을 노래했다.

그녀가 죽었을 때, 사람들은 그녀를 땅속에 묻었다.

꽃이 자라고, 나비가 그 위로 날아간다.

체중이 가벼운 그녀는 땅을 거의 누르지도 않았다.

그녀가 이처럼 가볍게 되기까지, 얼마나 많은 고통을 겪었을까!

나도 브레히트의 시처럼 나를 다 소진시키고 가벼워져서 생을 맺고 싶다. 모가지째 뚝 떨어지는 동백꽃 같은 죽음이고 싶다. 대단한 무엇을 이루는 삶을 꿈꾸는 것이 아니라 아쉬움이 남지 않도록 살고 싶을 뿐이다.

50대 초반의 예쁘고 명민한 한 후배는 언제든 사고로 갑자기 죽을지도 모른다며 집에서 나갈 때 항상 옷장 서랍과 부엌을 깔끔하게 정리하고 속옷도 정갈하게 입는다고 했다. 아직 늙지 않은 나이에 죽음을 의식하는 그녀가 달리 보였다. 어느 성공한 출판인은 부활이니 윤회니 기대하지 않고 장자처럼 무위자연으로 돌아가고 싶다고 말하며 쓸쓸한 표정을 지었다.

이 글을 쓰면서 지혜의 끝에 다다른 듯 희열을 느낀다. 인생 최고의 지혜는 죽음을 의식하는 것이 아닐까. 내가 좋아하는 소리꾼 장사익의 모든 노래는 레퀴엠이다. 그의 노래는 눈물을 흘리게 하지만 살아갈 힘을 준다.

이제, 아침에 검던 머리 저녁에 희어지고 강물이 바다로 흘러가 다시 돌아오지 못한다고 읊었던 이백을 떠올리고, 태아에게서 죽음을 보았던 릴케를 떠올린다. 내가 우울한가. 아니다. 오히려 죽음을 기억하면서 삶이 더 행복해졌다. 한시도 허투루 보내고 싶지 않다. 다시는 오지 않을 이 순간이 소중하고 감사하다. 연필로 진중하게 꾹꾹 눌러 쓴 일기장처럼 인생을 살 수 있다. 어느 한순간도 흘려보내지 않고 사는 것처럼 살고 싶다. 정직하게, 에두르지 않고. 돌아가기에는 인생은 너무 짧고 아름다운 것들은 넘쳐나지 않는가.

오래된 가로수가 늘어선 한적한 오솔길, 맑은 호수에 어른거리는 휘늘어진 버드나무 그림자, 섭씨 20도 정도의 바람, 머리카락 날리며 타는 자전거, 구름 모양이 선명한 파란 하늘, 목이 가느다란 코스모스, 포도 위를 수북이 덮은 노란 은행잎, 잎을 다 떨궈낸 벌거벗은 겨울나무, 함박눈이 내린 맑은 아침 따뜻한 햇살을 받아 사금파리처럼 빛나는 하얀 눈, 거품이 풍성한 카푸치노, 세상의 모든 음악, 고흐의 그림, 이미 세상을 떠난 사람들과의 추억, 아들딸이 '엄마'라고 부르는 소리…….

바라거니 나를 행복하게 하는 것들과 동행하며 죽음을 두려워하지도 기다리지도 않기를. 소망하노니 때가 되어 하나님이 내 뒤에 수건을 놓으면 '그래, 내 차례야' 하며 담담히 일어설 수 있기를. 미셸 투르니에Michel Tournier처럼 "생은 나에게 많은 것을 주었다"라고 말하며 눈을 감을 수 있기를. 장례식장에서 아들딸이 나를 대신하여 많은 사람을 맞이할 수 있기를.

운다고 사랑이

소파에 앉아 거실 바닥에 앉으신 아버지 뒷모습을 내려다봅니다. 흰 모시 내의 밖으로 뻗은 앙상한 팔, 축 늘어뜨린 어깨, 가끔씩 들썩거리는 외로운 등, 염색한 연갈색 머리숱보다 더 많아진 흰머리…….

아버지는 힘겹게 세상 떠날 날을 기다리시는 것 같았습니다. 그때 무슨 생각을 하셨을까요? 바깥은 하늘이 푸르고 얼굴에 스치는 바람이 시원합니다. 사람들은 행복한 듯 총총 제 갈 길을 부지런히 가고 있습니다.

아버지는 의식과 무의식의 경계 속에서 고스톱을 하시는 것 같았습니다.

"너 뭐 들었니? 국진이 들어와야 하는데!"

"아버지, 나한테 뭐 주실 건데요?"

"흑싸리, 인생이 쉬운 게 아니야."

아버지는 중얼중얼 의미 없는 듯, 그러나 커다란 의미를 담은 말씀을 하십니다. 그래요. 인생이 어디 쉽냐구요. 아버지는 힘든 인생을 사셨군요…….

나는 고스톱에서 흑싸리가 어떤 건지 잘 모릅니다. 그러나 화투판에서 아무 쓸모가 없는 그 무엇을 주셔도 좋습니다. 이럴 줄 알았으면 미리 고스톱을 배워 아버지와 신나게 노는 건데.

아버지는 하루 종일 토하고 나서 기운을 잃으셨는지 '으으'거리실 뿐 말씀을 못 하시고 눈도 잘 못 뜨십니다. 오랜만에 찾아간 손녀딸의 얼굴을 보기 위해 힘들게 눈을 뜨고 초점을 맞추며 희미하게 웃으셨습니다. 딸은 참다가 흑흑대며 뛰쳐나갑니다. 말이 되어 나오지 않는 말 대신 눈동자로 말씀하십니다. 내 이름을 부르는 세 음절의 소리가 간절히 듣고 싶습니다. 며칠 전까지만 해도 잘나가시던 시절 얘기를 신나게 하셨는데, 그때 "아, 그러셨어요. 그랬군요"라고 맞장구쳐드린 일이 왜 이리 감사한지요.

아버지를 병원에 모시고 편안한 일상으로 돌아가 영화를 보고 사람도 만났습니다. 말씀하실 수 있을 때 더 자주 찾아뵐걸, 항상 회한은 뒤에 남습니다. 하긴 인생은 지금까지 내게 100을 주지 않았으니까요.

아들이 미국 유학길에 올랐을 때 아버지는 '부쟁이선승不爭而善勝, 심강무성深江無聲'이란 글귀를 써주셨습니다. 어쩌면 이 글귀는 평생 아버지의 좌우명이었겠지요. 싸우지 않고 선하게 이기고, 깊은 강은 소리를 내지 않듯 그렇게 사셨지요. 그래요. 아버지는 다툼을 싫어하셨어요. 오죽하면 우리들에게 신문의 사회면은 못 보게 하실 정도였으니까요. 이렇게 다툼을 싫어하시던 분이 어떻게 이전투구 험한 정치판에 뛰어드셨는지……. 세상에서 알아주는 커다란 명예는 얻지 못했지만 많은 분들이 아버지를 '참 좋으신 분'이라 했으니 아버지는 착하게 이기신 거 맞습니다.

의사는 앞으로 아버지에게 좋은 말만 해드리라 했지요.

"암 말기인데 통증이 없는 건 아버지가 착하게 사셔서 그런가 봐요."

"……."

아버지는 또 우십니다. 착하게 산 것을 좋게 생각하시는 것인지, 바보처럼 살았다는 회한의 눈물인지는 잘 모르겠습니다.

문득 길을 걷다가 병원에 계신 아버지에게 손전화로 "아버지 딸인 게 감사하고 행복해요. 이렇게나마 사는 게 다 아버지의 가르침 덕분이에요"라고 큰 소리로 이야기했지요. 지나치는 사람들이 흘깃거리며 쳐다봅니다. 아버지는 가만히 듣고 계시다 "어, 어"라고 전화기 너머로 대답하셨습니다. 나는 길을 가다 또 눈물을 뿌렸지요.

임종하시기 전날, 아버지 얼굴이 왜 그리 말갛고 예뻐 보이던지요. 나는 외람되게 아버지의 이마와 볼을 쓰다듬다가 얼굴을 오랫동안 응시했어요. 가끔씩 역류하는 검은 액체를 코로 쏟아내며 고통스러운 듯 이마를 찡그리셨지요.

손을 잡고 기도를 했지요. "아버지, 조금만 참으세요"라고 말하기도 했고요. 그 순간 아버지가 눈물을 흘리셨는지 벌써 생각이 나지 않네요. 천상병 시인 같은 걸출한 시는 짓지 못했지만 아버지도 그날 '이 세상 소풍이 참 아름다웠구나'라고 말씀하시는 것 같았습니다.

아버지, 이 글을 쓰면서 눈물을 닦느라 자꾸 안경을 벗습니다.

커다란 나무둥치에 아버지 뼛가루를 뿌렸습니다. 너무도 고와 지상에 내려앉지 못하고 바람에 조금 날아갔습니다. 아버지는 땅속으로, 냇물 속으로, 바다로 흘러갔을 것입니다. 아버지를 그곳에 모시고 돌아오는 길, 시원한 바람이 얼굴을 스쳤습니다. 문득 아버지도 그 바람을 맞고 계실 것이라 생각하니 눈물이 흘렀습니다. 조문객들과 큰 소리로 웃기도 했고, 수박이 참 달다는 생각도 했고, 화장실 거울을 보며 머리 모양을 다듬기도 했는데 이렇게 대책 없이 눈물이 흐르기도 하는가 봅니다.

아버지 안 계신 하늘 아래서 밝은 햇살을 보았고 맛있는 것을 먹었고 예쁜 옷을 입었습니다. 책장을 넘기다 문득 내 손이 아버지를 닮았다는 생각이 들었습니다. 국수를 말다가 아버지가 참 좋아하셨다는 생각이 들어 또 기분이 가라앉습니다. 아버지가 그립습니다. 그래서 어쩌란 말인지. 아버지 안 계신 세상에 왜 이리 어리광을 부리는지요. 지금도 현관문을 열고 "미원이 왔니?"라며 들어서시는 아버지 모습이 보이는 듯합니다. 영원히 잊지 못할 당신의 모습입니다.

또 떠오르는 모습이 있습니다. 피아노를 치시며 〈울 밑에 선 봉선화〉, 〈클레멘타인〉 등을 부르시던 아버지 모습 말입니다. 흥이 많던 아버지는 가끔 "운다고 옛사랑이 오리오마는……" 노래를 부르기도 하셨지요.

암 병동에 통원 치료하러 다니실 때는 베레모나 중절모로 멋을 내는 여유를 부리기도 하셨지요. 며칠 전 지인 문병을 가 암 병동을 지나치는데 아버지를 꼭 닮은 인자해 보이는 노인이 누워 계셨어요. 나는 다시 돌아가 아버지인 듯하여 눈물을 흘리며 한참을 바라보았습니다. 이 어리석음이라니요!

동사무소에 가서 사망 신고를 했습니다. 등본의 아버지 이름에 줄이 그어지고 직원이 아버지 주민등록증을 회수해갔습니다. 그 종잇조각이 무엇이라고 이제 아버지는 이 세상에 존재하지 않음이 분명해졌습니다.

그렇지만 아버지,

벤치만 지키는 한 축구 선수가 있었대요. 그는 아버지가 돌아가시자 코치에게 제발 경기를 뛰게 해달라고 간청했어요. 코치는 중요한 시합이라 그 선수를 투입시키고 싶지 않았지만 한 번 믿어달라고 떼를 써서 뛰게 했다네요. 그런데 그 선수는 예전의 그가 아닌 듯 펄펄 날아 팀을 승리로 이끌었대요. 환호하는 동료들에게 그는, "며칠 전 돌아가신 장님이었던 아버지가 하늘나라에서 눈을 뜨고 나를 보고 계실 거라 생각하면서 열심히 뛰었다"고 말하더래요.

아버지 안 계신 세상에서 일주일 스케줄을 짭니다. 이제는 아버지를 만나러 가는 일정을 잡지 않아도 되는군요. 그러나 당신은 묵직한 추가 되어 내 마음에 들어와 계십니다.

그래요. 운다고 사랑이 돌아오나요. 당신을 다시 만날 때까지 그 축구 선수처럼 열심히, 아름답게, 깊은 강물처럼 소리 내지 않고, 다투지 않고 착하게 이기며 당신의 딸처럼 잘 살게요.

목소리를 잃고
나는 쓰네

요절한 시인 기형도는 "사랑을 잃고 나는 쓰네"라고 했지만 나는 오늘 목소리를 잃고 이 글을 쓴다.

엄마가 어젯밤에 말로만 듣던 오토바이 날치기를 당신이 사시는 아파트 주차장에서 당했다. 이모 팔순 잔치에 다녀오던 길이라 다소 들뜬 기분으로 먼저 차에서 내리시던 엄마의 핸드백을 뒤따라오던 오토바이가 기술적으로 낚아채갔다.

얼결에 당한 엄마는 "아이고 내 백! 도둑이야"라고 소리를 질렀다. 막 차에서 내리던 나와 딸은 그 소리에 놀라 도둑 잡으라고 소리를 지르며 뒤쫓아갔지만 오토바이는 부르릉 소리와 함께 어둠 속으로 사라졌다.

　깜깜한 밤이라 번호판은 물론 대담하게 헬멧도 쓰지 않은 범인의 얼굴조차 볼 수 없었다. 애당초 빠른 속도의 오토바이를 성장盛粧을 한 여자들이 뾰족구두를 신고 따라가는 건 무리였다. 무력하게 당한 사실이 허망하고 억울했다.

　뒤늦게 정신이 든 엄마는 손을 마주치며 "아이고, 내 백, 내 돈……. 아이고, 아이고……" 하며 털썩 주저앉았다. 일을 당하려고 했는지 가방 속에 많은 현금이 들어 있었단다. 나는 엄마를 꼬옥 껴안았다.

　"괜찮아. 다치지 않았으니 얼마나 다행이야……."

　경찰차 두 대가 도착했고 무전기에서는 긴박한 말들이 흘러나왔다. 딸은 약국에 달려가서 청심환을 사다 드리고 엄마는 밤 열 시가 넘은 시각 경비실의 흐린 형광등 아래서 조서를 꾸몄다. 적다 보니 의외로 잃어버린 게 많았다. 주민등록증, 신용카드, 휴대폰, 통장 등.

　엄마의 얼굴은 창백했고, 목소리는 가늘게 떨리고 있었다. 그런데 경찰의 질문에 답을 하다 갑자기 나를 보며 생각났다는 듯이, "너 내일 아침 일찍 여행 가는데 늦어져서 어떡하니?"라며 어처구니없이 그 상황에서도 딸 여행 걱정을 하신다. 나는 순간 딸에게조차 걱정을 끼치기 싫어하는 독립심 강한 그녀가 고맙다기보다는 냉철한 이성에 기가 질렸다. 긴장의 끈을 놓지 못하고 살아온 인생의 단면이 나타나는 것 같아 화도 나고 안쓰럽기도 했다. 딸에게 의지하고 싶어 자고 가라고 할 수도 있었을 것이다. 아니, 해결해야 할 일이 많으니 여행을 가지 않으면 안 되느냐고 붙잡을 수도 있었을 텐데 말이다.

"너 내일 아침 일찍 여행 가는데 늦어져서 어떡하니?"

나는 이 말 한마디에 그동안의 서운함 모두를 잊기로 했다. 가슴 밑바닥에 웅크려 있다가 불쑥불쑥 올라와 나를 옹졸하게 만들던 불편한 감정 모두를 말이다. 그리고 앞으로 나에게 상처를 주는 어떠한 일이 있더라도 다 이해할 것이라고 결심했다. 앞으로 당신의 이성과 판단이 흐려져 무수한 책망의 화살을 날릴지라도 말이다.

딸 넷에 아들 하나를 둔 이모는 비행기로 미국을 보내준다는 딸이 많아서인지 특급 호텔에서 팔순 잔치를 근사하게 했다. 아버지 떠나시고 혼자서 팔순 잔칫상을 받았던 엄마는 이모부와 함께 사위들의 인사에 행복한 미소를 머금던 이모를 부러운 마음으로 바라보았을 것이다. 나 역시 엄마의 속마음을 읽고 있었다. 그렇다고 고운 한복을 입은 아름다운 이모와 이종사촌들을 축하하지 않은 건 아니었다.

딸만 셋인 집안의 맏딸로 살아온 당신 역시 관습의 희생자일 것이다. 어젯밤 보였던 냉철한 모습, 강한 생활력. 그러나 그게 어쨌단 말인가. 그 결과로 내가 여기 있지 않은가 말이다. 나는 깨달음과 화해의 마음으로 가슴이 벅차올라 밤새 뒤척였다.

지난밤의 풍경이 떠오른다. 얼이 반쯤 나간 채 경찰 앞에서 떨면서 해결되지 않을지도 모르는 사건 조서를 쓰고 있는 엄마와, 복잡한 심정으로 서서 지켜봐야 했던 못난 딸의 모습, 그리고 청심환을 급히 사 가지고 할머니에게 건네는 그 딸의 딸…… 딸은 나를 어떻게 기억할까. 그리도 싫어하는 엄마의 모습이 내게도 있을까.

오토바이를 쫓아가며 소리를 얼마나 질렀던지 목소리가 잠기기 시작하더니 이제 아예 나오지 않는다. 목소리가 나오지 않아 말을 안 해도 되니 좋다. 그런 시간에 나는 생각을 한다. 내 목소리가 당분간 나오지 않았으면 좋겠다.

우둔한 나는 목소리를 잃고 엄마의 사랑을 깨달았다. 이제 그만 뿌리 깊은 원망과 화해하고 싶다. 시인 기형도는 사랑을 잃고 "장님처럼 나 이제 더듬거리며 문을 잠그네. 가엾은 내 사랑 빈집에 갇혔네"라고 했지만, 나는 목소리를 잃고 빈집에서 나왔다. 시인은 사랑을 잃었으나 나는 사랑을 얻었다.

그러나 처음부터 사랑은 그 자리에 있었다.

옥니,
곱슬머리 최 여사

주무시다 나온 듯 머리는 부스스하고 목소리는 갈라지고 말은 어눌한 엄마를 초고속으로 스캔하며 가슴에 짜안한 통증이 지나간다. 자주 만나지 말아야겠다고 부질없는 다짐을 한다. 밤 아홉 시인데 입맛이 없어 아직 식사도 안 하셨다 한다. 허리 아프다는 핑계로 엄마에게 지하 주차장까지 내려오시라고 해서 육개장과 나물 몇 가지를 건네 드렸다. 나는 분명 안다. 훗날 어느 때, 내 게으름으로 인한 이 지하 주차장 장면을 마음 아프게 떠올리리라는 것을.

엄마는 요즘 약한 모습을 보이신다. 얼마 전만 해도 엄마의 연기를 알아챌 수 있었는데 이제 당신은 연출을 할 만큼 정신이 좋지 않다. 이런 모습을 보며 사랑이라 부르기에는 미안한 연민만 남았다. 엄마의 지난 세월이 안타깝다. 그리고 얼마 남지 않았을 세월이. 무늬만 효녀로 살아온 나는 먼 훗날 이보다 더 독한 사모곡을 쓸 것이다.

엄마는 원래 강한 여자였다. 뭐든 대충하는 법이 없이 깔끔하게 일을 처리해야 하는 단호하고 분명한 성격의 소유자였다. 어려서 엄마가 "나는 최씨에 옥니에 곱슬머리다"라고 말할 때는 얼른 꼬리를 내려야 했다. 어떻게든 결단을 내자는 의지를 보여줄 때 쓰는 엄마의 화법이었으므로.

학교 들어가기 전에 나는 강한 여자에게 숫자와 한글을 깨우쳤다. 8자를 연결해 쓰지 못해 엄마가 안 보는 틈에 동그라미 두 개를 위아래로 붙여 그리고 가운데를 예쁘게 꼬아 연결했다. 당신은 그걸 귀신같이 알아 손으로 내 등짝을 사정없이 내리치셨다. 그녀가 뒤에도 눈이 달렸다고 생각했다.

나는 모든 걸 강한 여자로부터 배웠다. 나의 8할이 그녀로부터 비롯되었다 해도 과언이 아니다. 아니, 어쩜 9할일지도 모르겠다. 철이 들면서 엄마는 내게 반면교사였으니까.

여고 선생 출신에 자칭 미인으로 자부심이 하늘을 찔렀던 그녀는 욕심이 많았다. 그런데 엄마의 삶은 욕심만큼 풀리지 않았다. 그런 탓에 나는 욕심의 부질없음을 일찍 눈치챘다. 대신 나는 되는 것도 안 되는 것도 없는 두루뭉술한 성격이 되었다.

부침이 있긴 했지만, 기사 딸린 자가용이 대문 밖에 있을 때도 있었고 식모라는 이름을 가진 언니들이 둘씩 있을 때도 있었는데 난 우리 집이 늘 가난하다고 생각했다. 그리하여 나는 갖고 싶은 것을 사달라고 조른 기억이 거의 없다. 엄마는 여유가 없어 보였다.

나는 물론 알고 있었다. 우유부단하고 사람 좋은 아버지의 뒤치다꺼리를 엄마가 감당해야 했고 그로 인해 엄마의 성정이 변해갔음을. 그럼에도 나는 목소리 큰 엄마가 싫었다. 아무 말 없이 눈만 깜박거리며 엄마의 지청구를 듣다가 나랑 눈이 마주치면 어색하게 웃던 아버지 쪽으로 마음이 기울었다.

엄마는 남동생을 편애했다. 그 사실을 결혼하고야 알았으니 난 참 눈치 없는 인간이다. 엄마는 동생을 위해서는 육성회장도 마다하지 않고 치맛바람을 날리기도 했다. 동생 학업을 위해 가정교사를 들이고 싶었던 엄마는 나랑 연애하는 것을 사전에 막으려고 같은 경주 김씨 성을 가진 연세대학교 경영학과 학생을 가정교사로 들였다. 어쩌다 같은 식탁에서 밥을 먹을 때면 대학생인 선생도, 여고생인 나도 눈을 내리깔고 아무 말 없이 숟가락질만 했다.

생각해보면 엄마는 동생에게 쏟다 남은 열정을 내게도 흘려주신 적이 있는 것 같다. 처음 라면이 나왔을 때 엄마는 일하는 언니를 시켜 점심시간마다 라면을 끓여 학교로 보내주었다. 체격이 좋았던 담임 선생님께서도 그걸 드시고 싶어 해서 언니는 한동안 두 개의 냄비를 들고 교실에 들어섰다.

10년 전쯤 엄마는 무릎 수술하러 병원에 가던 날 아침, 모아 둔 밀폐용기들을 가지고 가라고 하셨다. 큰 수술을 앞두고 그까짓 작은 병과 플라스틱 따위가 무엇이라고 챙기는 당신의 깔끔함이 싫었다. 아니, 질리게 했다. 지금도 엄마는 나한테 당신 살림에 손도 못 대게 하신다.

언젠가 딸과 엄마, 삼대가 일본 후쿠오카로 여행을 떠났다. 벚꽃이 난분분히 날리는 구마모토성 앞에서 사진도 찍고, 가이세키 정식도 잘 드시고 일본말을 능숙하게 구사하는 총기를 보며 으쓱해하서서 나름 효도를 한다는 생각에 뿌듯했다. 그런데 다녀와서 하시는 말씀이, "너희들 따라다니느라 얼마나 힘들었는지 아니? 그때 안 갔어야 했어"라고 초를 치셨다.

"내가 왜 이러니? 작년이랑 다르고, 올봄이랑 또 다르다."

엄마는 예전과 다르다며 기억이 깜박깜박한다고, 아무래도 병원에 가보아야겠다고 하신다. 그 말은 반은 진심이고 반은 아니다. 실제로 꺼져가는 촛불처럼 기운과 정신이 사위어가는 걸 알고 있다. 나도 어느 땐 엄마의 정신없음이 무서워 병원에 모시고 가 진단을 받고 싶다.

엄마의 하소연이 길어질 것 같자 나는 차에 올라탄다. 크르
륵~ 시동 거는 소리가 조용한 밤 지하 주차장의 고요를 깬다. 엄
마가 차 유리창 안으로 얼굴을 넣고 어색하게 웃으며 "너 나한테
이번 생일 용돈 왜 안 주냐?" 하신다. 엄마 이사 올 때 헌 살림을
새 살림으로 바꿔드리느라 예상외 지출을 한 나는 얄팍한 계산
으로 드리지 않았는데 그걸 정확히 기억하신 거다. 속으로 웃음
이 나왔다. 안심이다.

엄마는 지하 주차장에서 내 차가 완전히 빠져나갈 때까지 집
으로 올라가시지 않고 팔을 휘청휘청 흔들었다. 내 결혼사진 속
에서 울음을 참고 있는 듯 입술을 꼭 다문 엄마 얼굴이 오버랩되
었다. 아, 최 여사, 내 엄마.

기억의 재구성

나를 낳고도 여학교 선생을 했던 엄마는 부득이 유모를 들였다. 학교에서 어린 딸 생각에 젖이 불 때마다 울기도 많이 했다고 한다. 팔삭둥이 약골로 태어난 내가 젖을 심하게 가려 유모를 여러 차례 바꾸다 결국 이모의 젖을 먹고 자랐다고 했다.

내가 조금 더 커서는 의젓하게 밥상 밑으로 발을 펴고 앉아서 엄마가 숟가락에 얹어주던 '긴따로(노랑촉수)'라는 생선을 잘도 받아먹었다고 했다. 그리고 아무리 먹이려 해도 배부르면 딱 수저를 놓았다고 했다. 더 세월이 흘러서는 동생을 보러 간 산부인과에서 다른 사람들이 엄마의 신발을 가지고 갈까 봐 화장실에 감추었단다.

빛바랜 사진처럼 어린 내가 밥상 밑으로 발을 가지런히 넣고 순하게 밥을 먹는 모습이 펼쳐지고, 산부인과 화장실의 타일 바닥에 놓여 있던 엄마 신발이 보이는 듯하다. 이모의 한쪽 젖을 만지며 땀을 뻘뻘 흘리면서 젖을 먹는 내 모습도 눈앞에 그려진다.

기억력이 뛰어난 사람은 만 세 살이나 네 살 때의 일도 기억한다고 하지만, 기억력이 좋은 편이 아닌 내가 그 일들을 기억할 리 만무한데도 마치 기억나는 듯한 착각이 든다. 엄마에게 수없이 얘기를 들어 기억하는 것처럼 느낄 뿐이다.

엄마의 기억을 통해 어린 시절 나는 사랑을 많이 받고 자랐다는 따뜻한 느낌을 받는다. 나의 존재감이 높아지는 듯도 하다. 나를 순하면서도 야무진 아이로, 긍정적으로 기억하는 엄마에 의해 왜곡된 사실일지도 모른다. 어쩜 엄마는 그 당시에 최고로 행복했을지 모르겠다. 시골 유지의 딸로 가정과 선생을 하며 논마지기도 꽤 사놓았던 엄마는 신익희 선생 비서로 정치에 입문했다가 주변머리 없이 평생 야인으로 사시던 아버지를 만나면서 꽤 힘든 생을 사셨으니까.

우리의 기억은 감정이 포함된 기억이다. 얼마든지 왜곡, 편집될 수 있다. 같은 상황도 사람에 따라 다른 판본이 존재한다. 기억에 관한 흥미로운 영화가 있다. 오래된 영화 구로사와 아키라 감독의 흑백 영화 〈라쇼몬羅生門〉은 소설가 아쿠타가와 류노스케芥川龍之介의 단편소설을 각색하여 만든 것으로, 기억에 대해 많은 생각을 하게 한다. 동일한 사건을 네 명의 사람이 자기 입장에 따라 달리 기억하는 이야기이기 때문이다.

영화 내내 같은 멜로디가 반복되는데도 전혀 지루하지 않고 오히려 긴장감을 주는 라벨Maurice Ravel의 〈볼레로〉가 참으로 어울린다 생각했다. 살인 사건 목격자인 나무꾼과 도적, 여인, 살해된 사무라이의 혼을 불러내는 무당이 한자리에 불려와 심문이 벌어지지만 네 사람의 진술은 크게 엇갈리고 끝내 진실은 밝혀지지 않는다.

기억은 시각의 차이에 따라 달라진다. 인간은 보고 싶은 것만 보고 듣고 싶은 것만 듣는다. 그나마 보고 들은 것을 기억창고에 저장할 때 기억하고 싶은 것만 취사선택한다. 그 과정에서 각색, 편집된다. 따라서 지금 사실이라고 믿고 있는 기억 중 대부분은 진정한 사실이 아닐 가능성이 많다.

우리 가족은 가끔 같은 사건을 다르게 기억한다. 자기의 기억이 맞는다고 우기다 내기를 걸기도 한다. 그나마 증인이 없으면 그것도 허사로 돌아간다. 하긴 그 증인의 기억은 믿을 수 있을까.

창고에 저장된 기억일지라도 꺼내는 상황에 따라 다른 모습으로 나타나기도 한다. 엄마가 아버지에 대해 좋은 감정이 있을 때와 미운 감정이 있을 때 회상하는 이야기가 달라져 아버지가

세상에 없는 훌륭한 남자였다가 때로 '숭악한' 남자로 바뀌기도
한다.

젊을 때는 경험한 것을 온전한 형태로 기억할 수 있다. 그러
나 나이 들수록 살아온 세월을 모두 기억할 수는 없어 노인의 기
억은 누더기가 된다. 이렇게 보면 노인은 거짓말쟁이라는 이야
기는 일견 억울할 수 있다.

나를 합리화하기 위해 그땐 그럴 수밖에 없었다고 정당화하
고, 기억을 왜곡하고 재구성하지 않으면 우리는 견딜 수 없을 것
이다. 우리의 기억이 불완전할수록 행복해질 수 있다는 불편한
진실이다.

서른을 갓 넘은 딸에게서 흰머리를 발견했다. 내게서 처음
흰머리를 발견했을 때와는 다른 이 감정이 무얼까 생각하는 순
간 딸이 말했다.

"엄마가 처음 흰머리를 찾아냈을 때 화장대 앞에 앉아 흰머리
몇 올을 뽑고 슬픈 표정을 지었어. 그리고 쓸쓸한 모습으로 일어
나 싱크대 앞 라디오 음악을 틀고 저녁을 지었지. 그때 마침 슬
픈 음악이 흘러나왔어."

양 갈래머리를 땋아 내렸던 어린 딸은 슬픈 엄마의 마음을 같
이 읽어주었던 것이다. 딸의 세심한 기억이 고맙다. 딸도 지금
묵직한 슬픔을 느끼고 있을 것이다.

사진이 바래는 것처럼 기억들도 빛이 바랜다. 기왕이면 미운

기억일랑 지워버리고 좋은 기억만 남겼으면 좋겠다. 타인의 뻔한 거짓말일지라도 용서할 것. 인간은 누구나 자기 식으로 기억을 재구성하니까. 내 기억도 정확한 것이 아니니까.

영원한 이별을
대하는 자세

친구와 배를 타고 어디론가 가고 있었다. 항구에서 출발할 때 잔잔하던 바다가 갑자기 노기를 띠며 풍랑이 거세지기 시작했다. 거대한 파도가 몸을 뒤채며 순식간에 작은 배를 삼켜버렸다.

"우리, 죽은 거 아니야?"

내가 다급하게 소리쳤다.

"파도가 지나도 배가 나타나지 않으니 그런 거 같아."

친구가 마치 하늘에서 보고 있는 듯한 시선으로 담담하게 답했다. 내 입에서는 절규가 터져 나왔다.

"오, 하나님, 아직 죽을 준비도 안 됐는데 갑자기 이렇게 죽음을 맞다니요? 가족과 이별 인사도 나누지 못했는데……. 나 없이 살아갈 가족들은 어떻게 되나요? 제발 그들을 지켜주세요."

나는 꿈에서 깨어났다. 눈가에 눈물이 고여 있었다. 꿈속 장면이 너무도 생생했다.

나는 무기력과 우울에 빠져 있었다. 에너지가 다 소진된 듯 그동안 참 열심히 살았다는 자기 연민에 빠지기도 했고 죽음을 자주 생각했다. 노인의 죽고 싶다는 말은 거짓이라고 몰아붙이던 내가 지루해 이제 그만 죽고 싶다던 엄마의 말을 믿을 수 있었다. 언젠가 끝이 있다는 것이 위안이 되며 저녁이 오듯, 밤이 오듯, 이불을 젖히고 잠이 들듯 그렇게 죽으면 좋겠다는 생각을 했다. 이런 생각을 하는 내가 섬뜩해 병원에 가볼까 하는 생각도 스쳐갔다.

그러면서도 친구들과 맛난 밥을 나누며 깔깔대고 가볍게 웃기도 했고 가족들과 속초로 여행을 다녀왔고 바이올린을 배우기 시작한 손녀의 재롱에 함박웃음을 짓기도 했고 파란 원피스를 새로 샀다.

꿈은 바로 이 시점에 내게 다가왔다. 까불지 마라, 이렇게 죽음은 예상치 못한 순간에 올 수도 있다며 무기력해지는 내게 경고를 보낸 걸까. 나의 위선과 생에 대한 예의 없음에 보내는 경종이었을까.

꿈을 복기해보았다. 죽음에 대한 공포라기보다는 황당했다. 가족과 눈도 맞추지 못하고, 병실에서 지인들에게 이제 잘 있으라고 인사도 하지 못하고 갑자기 세상을 떠난다니, 그 당혹감과 황망함이라니. 나 없이 살아갈 가족들은 어떡하느냐고, 내 죽음보다 가족의 안녕이 더 걱정되었으니 무의식 속에서도 위선을 부렸나 보다. 분명 나는 살려달라고 애원하지는 않았다.

동네로 가볍게 산책 나갈 때도 혹시 모를 사태에 대비해 주민등록증을 챙길 정도로 늘 끝을 염두에 두고 살던 나였다. 누구에게나 오는 죽음이니 내 차례가 되면 의연하게 맞으리라 수없이 생각했고 시작이 있고 끝이 있으니 지금 이 순간이 중요하다고 현자처럼 말했지만 그건 '생각'일 뿐이었다. 나는 다행히 꿈에서 죽었고 현실에서 살아났다. 현실에서 죽어야 했을 내가 꿈의 죽음으로 대신한 걸까.

신기하게도 꿈을 꾸고 난 아침부터 축축 가라앉던 몸에 힘이 주어지고 피곤치 않았다. 나 없이 살아갈 가족들에게 짜증도 나지 않았다. 그들에게 아직 내 수고가 필요하구나, 하는 마음마저 들었다.

"나 안락사하고 싶다. 같이 가서 신청하자. 다른 친구들은 다 했더라."

며칠 전 밭에서 바람소리 나듯 바쁘게 저녁을 준비하는 시간에 달려가 받은 전화기에서 울린 엄마의 말이었다. 짜증이 확 치밀었다. 엄마는 그 시간이 한가해 전화기를 들어 자주 단축번호 1번을 누르신다. 안락사라니, 부러워할 게 따로 있지……. 화를 가라앉히며 생각하니 엄마가 말하는 안락사는 소생 가능성이 없을 때 병원에서 불필요한 연명치료를 하지 않겠다는 서약서를 말하는 것이었다.

꿈을 꾸고 난 지 며칠 후 지팡이에 의지해 걷는 엄마를 모시고 집 근처 건강보험공단 창구에 앉았다. 담당자는 연명치료거부 사전의향서란 최악의 상황이 되어 임종 과정에 있게 될 때 연명치료나 무의미한 치료를 하지 않겠다는 것이고, 언제든 마음이 바뀌면 철회할 수 있다며 친절하게 설명해주었다. '무의미한'이란 단어가 살짝 거슬렸다. 엄마를 슬쩍 곁눈질로 보았지만 표정의 변화가 없었다.

이제 아들과 딸은 죄의식 없이 내 목에 구멍을 뚫지 않아도 되고 가슴을 누르며 심폐소생술을 하지 않아도 된다. 엄마 덕분에 인간의 존엄성을 지키며 편하게 죽음의 문턱을 넘을 수 있게 되었다. 죽음에 대한 하나의 준비는 마친 셈이다.

내가 만일 운이 좋아 꿈과 달리 예측 가능한 죽음을 맞을 수 있다면 사전 장례식을 열고 싶다. 파티 초청자는 가족을 포함해 스무 명을 넘기지 않을 거다. 선물도 마련할 거다. 사랑하는 사람들과 내가 좋아했던 음악도 두세 곡 듣고 싶다.

꿈은 나의 크로노스의 시간을 카이로스의 시간으로 바꾸어 주었다. 언젠가 어떤 식으로든 끝이 날 유한한 삶, 내 SNS 별칭처럼 '자유롭고 쾌활하게' 카이로스의 시간으로 채우리라. 카이로스 신은 앞머리는 무성한 대신 뒷머리는 대머리라니 발바닥에 땀이 나도록 부지런히 쫓아가야 할 것이다.

숨탄것

○

우리 집은 비둘기의 낙원이다.

비둘기에게 귀소 본능이 있다고는 하지만 하찮은 미물이 어찌 10층 아파트에 있는 자기 집을 찾아오는지 기특하고 신기하다. 귀여워 방치했더니 남편 방과 내 방 에어컨 실외기 거치대와 다용도실 바깥 선반까지 점령해 곳곳에 비둘기 똥이 굳어 있고 방충망에는 잔 깃털이 군데군데 매달려 있다.

우리 집 강아지 미르는 침입자를 보고 컹컹 짖다 목이 다 쉬었다. 그래도 그놈들은 도망치지 않는다. 다가가 손으로 휘저어도, "가!"라고 소리를 내뱉어도 꿈쩍도 않는다. 유리창을 소리 나게 손이 아프도록 때려야 겨우 못 이기는 척 무겁게 날아간다.

　남편 방 에어컨 실외기에 비둘기 두 마리가 잔 나뭇가지를 하나씩 물고 오더니 아예 둥지를 틀었다. 남편은 신기하다며 얼굴에 굵은 주름을 그리며 흐뭇하게 웃었다. 그 숨탄것이 귀여운 듯 하루하루 모습을 관찰했다. 어느 날 둥지에 하얗고 조그만 알 두 개가 보였다. 남편은 손전화로 사진을 찍어 가족 카톡 방에 올렸다. 마치 우리가 알을 낳은 듯 환호작약했다.

　남편은 비둘기 알이 잘못될까 봐 습하고 더운 날씨에도 에어컨을 켜지도 못하고 무덥던 여름을 견뎠다. 엄마 아빠 비둘기는 더워도 꼼짝하지 않고 부화할 때까지 번갈아가며 알을 품었다. 부모 비둘기가 먹을 것을 가지러 갔는지 어느 때는 알 두 개만 동그마니 놓여 있었다. 20여 일 정도 지나니 새끼가 알을 깨고 나왔다.

　우리는 알을 보았을 때보다 더 감격했다. 분홍색 살에 듬성듬성 하얀 가는 털이 박혀 있는, 눈도 뜨지 못하는 아기 비둘기들은 한없이 연약해 보였다. 부모는 새끼들이 날아 세상에 나갈 수 있을 때까지 떠나지 않고 주위를 맴돌았다. 특별히 무엇을 먹는 거 같지 않는데도 아기 비둘기는 밤새 자라 있었고 새의 모양을 갖추어갔다.

　어느 햇볕 좋은 날 엄마, 아빠와 아기 비둘기 두 마리는 실외기 바닥과 난간에 앉아 서로 찍찍거리며 희롱하며 흥겹게 놀고 있었다. 부모 비둘기는 새끼들이 다리에 힘이 생기고 날개를 퍼덕일 근육이 생긴 걸 기뻐했을 터이다. 그 후 비둘기들은 한동안 나타나지 않았다. 새끼 비둘기가 세상으로 나간 것이다. 어느 날 다시 엄마, 아빠 비둘기가 날아왔다. 그리고 작고 귀여운 하얀 알을 하나 낳았다.

내 방에도 비둘기가 날아들었다. 밤에 책을 읽으려고 방으로 들어와 불을 켜자 화드득 비둘기의 작은 날갯짓이 느껴졌다. 그놈은 꼼짝 않고 에어컨 실외기와 창 사이 자기 몸 하나 누일 맞춤한 공간에 편안히 끼어 앉아 눈만 껌벅이고 있다. 나랑 눈이 마주쳤다. 혹시 저 인간이 쫓아내지는 않을까 눈치를 보는 듯하다. 그놈의 안식을 깨고 싶지 않아 그냥 두었더니 어느새 한 마리를 불러들여 사이좋게 앉아 있다. 그놈들은 금방 떠날 것인지 다행히 집을 짓지는 않았다.

며칠 여행 후 집에 돌아오니 이번에는 부엌 유리창 화분대 바닥에 비둘기 알 한 개가 덩그러니 놓여 있었다. 아마도 둥지를 틀지 않고 사랑만 나눈 내 방의 고놈들이 한 짓일 터이다. 그 작은 알은 바람이 불면 날아갈 듯 위태하다. 알은 부화를 못하고 썩어갈 것이다. 부모를 잘못 만나 날아보지도 못하고 눈도 떠보지 못하고 세상을 마칠 것이다. 모든 부모가 다 책임감이 있지 않듯이 비둘기 또한 그러하다고 콩나물을 다듬으며 속으로 생각했다.

노아는 방주를 만들고 홍수가 끝나자 땅이 굳었는지 시험하기 위해 비둘기를 날려 보냈다. 비둘기가 올리브 잎을 입에 물고 오자 7일을 더 기다렸다. 다시 보낸 비둘기가 돌아오지 않자 노아는 방주 속에 있던 가족과 생물들을 데리고 세상 밖으로 나왔다. 통신 시설이 발달되지 않았을 때는 비둘기를 훈련시켜 편지를 전달하기도 했다고 한다. 비둘기는 평화와 지혜의 상징이다. 나와 남편 머릿속에는 그 이미지가 박혀 있었는지 모른다.

이제 남편 방에는 양계장 냄새가 더 심해졌다. 냄새를 희석시키려고 락스를 풀어 에어컨 실외기 바닥에 뿌렸다. 나는 역겨운 냄새를 아무렇지 않아 하는 그가 불가사의하다. 그는 비둘기에게 하듯이 모두에게 관대하지는 않다. 나를 소 닭 보듯 하고 때론 화난 얼굴을 보이기도 한다. 비둘기랑 같이 살아가는 그가 '비둘기처럼 다정한 사람'일지 모르니 모든 것을 용서하기로 한다. 가열차고 슬픈 숨탄것에 대한 연민을 가진 그를 나 또한 연민의 눈으로 바라보기로 한다.

아이들은 비둘기가 균을 옮기는데 왜 쫓지 않고 그냥 두느냐고 우리 부부를 힐난하고 심지어 엄마는 위생 관념이 없다고 몰아붙인다. 도시의 비둘기는 이제 공해가 되었다.

나는 지금 장마와 폭우를 기다린다. 때가 되면 단단한 플라스틱 빗자루로 딱딱하게 굳은 비둘기 잔해들과 비둘기가 머물렀던 둥지를 쓸어낼 것이다. 미련 없이, 죄의식 없이. 안식처를 잃은 그들이 얼마나 망연자실할지, 비가 오면 어디서 잠을 잘지, 이곳을 떠나 또 어떤 아파트 에어컨 실외기 거치대에 머물지, 조금도 궁금해하지 않을 것이다.

미르

우리 집 개 미르가 앞으로 넘어져 코를 박을 정도로 왼쪽 앞다리를 심하게 절고 있었다. 큰 병인가 싶어 온갖 상상을 하며 병원으로 달려갔다. 의사는 퇴행성 관절염 초기라며 계속 다리를 절면 예방약을 먹이라고 했다. 다행히 두세 시간 지나니 언제 그랬냐는 듯 잘 걸어 다녔다.

가족이 집을 비우고 사흘 동안 여행 가느라 동물 병원에 맡겼는데 거기서 잘못된 듯싶었다. 좁은 케이지에 가두고 음식과 물만 주는 정도이니 운동을 하지 못해 일시적으로 다리가 마비되었던 것 같다.

미르를 안고 병원으로 달려가며 언젠가 내 가슴에 안겨 숨을 헐떡일 마지막 순간을 그려보니 콧등이 시큰해졌다. 그때도 이렇게 절박한 마음으로 병원을 향해 뛰어가리라. 새삼 생로병사를 가진 생명체를 거두는 일이 쉽지 않음을, 아니 지엄함을 깨닫는다. 저 조그만 강아지 덕분에 혼자 있을 때도 그리 외롭지 않았고 늦은 밤 산책길도 무섭지 않았다. 어느새 애완견이 아니라 반려견이 되어 있었다.

태어난 지 한 달 만에 우리 집에 온 사냥개 종인 닥스훈트 갈색 강아지에게 용감한 개가 되라고 용이란 뜻을 가진 순우리말 '미르'라는 이름을 붙여주었다. 이름 때문인지 높은 소파에 경중경중 뛰어오르기도 하고 장난감을 주면 무찔러야 할 적인 양 날카로운 이빨로 30분도 안 돼 부숴버리기도 하며 용맹성을 자랑하는 미르는 지혜까지 겸비해 우리를 놀라게 했다.

10여 년 전 일이다.

눈이 쌓인 어느 겨울날, 애들이 한강 고수부지로 산책 나가 정신없이 뛰며 놀다가 미르를 잃어버렸다. 울음 섞인 목소리로 애타게 이름을 부르며 한 시간여를 찾다가 포기하고 집으로 돌아오는데 어디선가 개 짖는 소리가 들렸다. 식탐이 많아 바닥에 흘린 부스러기도 호시탐탐 노리는 미르가 아파트 경비원이 주는 먹이도 먹지 않고 날카롭게 신경질적으로 짖어대고 있었다. 세상에, 어린 강아지가 한강 고수부지에서 1킬로미터도 더 되는 우리 아파트 단지까지 찾아온 것이다.

이제는 사람 나이로 치면 나보다 더 늙은 노인이 된 미르는 머리뿐 아니라 코도 다리도 흰 털투성이가 되었다. 용맹했던 미르는 겁쟁이로 변해 사소한 소리와 작은 움직임에도 꼬리를 말고 뒷걸음질 치며 컹컹 짖는다. 노화 탓인지 코 고는 소리는 술에 취해 잠에 곯아떨어진 남편의 그것보다 더 크다.

아침에 눈을 뜨면 제일 먼저 미르의 밥을 준다. 그리고 밤사이 실례한 대소변을 처리하고 스프레이를 뿌리며 내 몸의 세포를 깨운다. 작년 겨울에는 미르의 똥을 치우느라 허리를 굽혔다 일어나다가 삐끗해 병원 신세를 진 적도 있었다.

주변에 개 이야기를 하는 것은 물론 글로 쓰는 것조차 싫어하는 사람이 있다. 그의 논지는 개가 사람 위에 있어서는 안 된다는 것이리라. 나 역시 시부모보다 개에게 더 정성을 기울이고 개를 지나치게 치장하고, 심지어 개에게 유산을 남기는 사람들이 못마땅하다. 하지만 바삐 길을 가다가도 지나치는 개에게 애정 표현을 하는 사람을 보면 그의 측은지심이 보여 인간성마저 달리 보인다.

우리 인간은 이름 모를 풀들에게 경망스럽고 무책임하게 잡초라는 이름을 붙이듯, '개'라는 접두사를 붙여 멀쩡한 것들을 격하시킨다. 인간의 구실을 못하면 개새끼나 개자식이 되고 되다 만 꿈은 개꿈이다.

오뉴월이면 가늘고 긴 가지 위에 위태롭게 앉아 바람에 하늘하늘 흔들리는 검붉은 개양귀비를 나는 참 좋아한다. 고흐가 머물던 남프랑스 아를의 정신병원 뒷마당에 가득 흐드러졌던 개양귀비는 지금도 선명하게 떠오른다. 나는 이제 개양귀비 대신 꽃양귀비라 부를 터이다.

본래 개란 놈은 동물 중에서도 충성스럽고 영리한 영물이다. 고리키Maxim Gorky의『어머니』에는 주인공 '어머니'를 학대하는 무능한 술주정뱅이 아버지가 나온다. 그 아버지가 죽자 가족 모두는 쾌재를 불렀지만 개는 무덤을 지켰다. 모두가 싫어하고 가족마저 외면한 가장에게서 개는 따뜻한 눈길을 보았던 것이다.

10년간 끌던 트로이 전쟁에서 승리한 오디세우스는 곧바로 그리스로 돌아오지 못하고 10년 동안 방황한다. 20년 동안 오매불망 남편을 기다리며 베를 짜던 페넬로페도 정작 집으로 돌아온 남편을 몰라보았지만, 개는 오디세우스를 알아보았다.

오후 3시에서 4시 사이, 때로 조금은 적막하고 지루한 시간에 로봇 청소기를 돌린다. 청소를 시작하겠다는 말도 하고 청소가 끝나면 자기가 알아서 원위치로 돌아가 충전도 한다. 사소한 기계지만 말을 하고 움직이는 존재가 있다는 사실에 묘한 위로를 받는다.

미래에는 똥오줌 뒤치다꺼리 귀찮고 생로병사를 같이한다는 사실이 부담스러운 사람들은 로봇 개를 키울지도 모르겠다. 로봇이 인공지능으로 사고는 가질 수 있어도 인간과 서로 조응하는 감정을 가질 수 있을까. 하지만 로봇 청소기에 위안을 받는 나약한 내가 큰소리칠 일은 아닐 듯하다.

내 마음을 읽었는지 나를 빤히 쳐다보던 미르가 갑자기 달려와 내 다리에 자기 엉덩이를 붙이며 앉는다. 전해오는 체온이 따뜻하다.

두려운 것은 내가 행복하다고
충만한 감정에 빠져 있을 때
타인의 아픔을 망각하는 것이다.

김미원 『불안한 행복』

불 안 한

행
복

오래된 미래

○

윤기 흐르는 은발이 멋진 영국인 노부부는 내가 "두 번째 신혼여행"이라고 말하자 갑자기 멋쩍은 표정을 지었다. 나는 얼른 "같은 남자와"라고 덧붙였다. 그제야 그들은 이마와 볼에 굵은 주름을 그리며 환하게 웃었다. 마닐라에서 팔라완 엘니도로 가는 경비행기 안에는 그들 부부 말고도 피부색이 다양한 여러 신혼여행객들이 있었다.

남편은 결혼 30주년 기념 여행지를 검색하더니 지상 낙원이라는 엘니도를 찾아냈다. 세계 각지에서 신혼부부들이 선호하는 여행지로 50여 채의 숙소 외에는 아무런 위락시설도, 인터넷도,

TV도 없다. 세상 문명과 단절되어 자발적인 고립을 원하는 사람들을 위한 섬이다. 남편은 그곳에서 책을 읽다가 저녁이 되면 순간순간 변해가는 석양을 바라보고 싶다고 했다. 중간 기착지 섬에 내려 다시 배를 타고 리조트에 도착했다.

유럽과 미국, 중국 등지에서 온 신혼여행객들 중 내 눈길은 자연스레 우리나라 신혼부부들에게 머물렀다. 결혼 고수가 된 나는 그들과 2, 3분만 같이 있어도 친밀도를 감지할 수 있었다. 교제 기간이 얼마나 되었는지, 중매인지, 연애인지도 알 수 있을 것 같았다.

새신랑들은 이제 제 여자(전근대적인 용어 사용을 용서해주시길)가 된 신부 앞에서 남자다움을 보이려 애를 썼다. 자신에게 의지하는 여자에게 보랏빛 청사진도 내놓아야 했을 것이고 밤이면 침실에서 어설픈 초보 신랑 노릇도 해야 했을 것이다.

여자에게 멋지게 보여야 하는 역사적 사명을 타고난 수컷, 그랬다. 그 순간 '수컷'이란 단어가 떠올랐다. 그들의 모습에서 나는 수컷 사마귀의 운명을 보았다. 행복에 부푼 선남선녀를 보며 왜 교미 후 암컷에게 머리부터 잡아먹히는 사마귀를 떠올렸을까.

물 위에 우아하게 떠 있는 백조도 물 밑에서는 물갈퀴를 부지런히 움직여야 하듯, 이제 내 여자가 된 아내에게 미소를 짓기 위해 속으로 얼마나 빠르게 머리 회전을 하며 전전긍긍하고 있을까. 이브가 준 선악과를 받아먹은 가여운 아담의 운명이여.

노을이 멋진 저녁, 테라스 카페에 가니 낮에 스노클링을 할 때 만났던 신혼부부가 식사를 하고 있었다. 남자의 자리에는 맹물 잔이 놓여 있었고, 여자의 테이블에만 우산 장식이 된 예쁜 칵테일 잔이 놓여 있었다. 남편은 이들 자리로 가 합석해도 되겠느냐고 물었다.

결혼 선배로서 조언과 훈수를 벼르고 있던 남편에게 그들의 환상에 찬물을 끼얹지 말라고, 꿈꾸고 싶은 자 꿈꾸게 하라고 말했지만 남편은 기어이 '한 말씀'을 했다. 신혼여행 끝나고 나면 현실이 기다릴 것이다. 이왕 골랐으니 행복하게 살아라. 아이 낳으면 남편은 뒷전이니 아내여 지금 남편에게 잘해주라, 대충 이런 이야기였다. 그 신혼부부는 남편의 평범한 말에 고개를 크게 주억거렸다.

내가 남편에게 연민을 가진 최초의 기억은 첫아이를 안은 행복에 겨운 그의 얼굴에서 청춘이 떠나가고 책임을 비로소 통감하는 착잡한 미소를 보았을 때였다. 남편 맘이 그랬을까. 당연히 남자는 여자를 리드해야 하고, 감싸 안고 양보해야 하는 걸로 생각했던 나는 그 마음을 헤아리지 못했다는 자책이 들었다.

다음 날 카약을 몰고 바다로 나갔다. 우리는 박자를 맞추며 바닷속 깊숙이 노를 저었다. 빠른 속도로 섬이 사라졌다 나타났다를 반복했다. 어느 순간 세상의 끝에 와 있는 느낌이 들었다.

그 넓은 곳에 우리 부부뿐이었다. 저 섬 뒤로 돌아가면 다시는 나오지 못할 무릉도원이 있을 것만 같았다. 두려움과 환희를 동시에 느꼈다. 순간 '만약 천국이 있다면 이런 곳이 아닐까'라는 생각이 스쳤다. 아무 생각도, 욕망도 없는 평온한 세상……. 노 젓는 것을 멈추고 눈을 감고 심호흡을 했다.

다시 노를 저어 섬이 몰려 있는 곳으로 나오니 많은 신혼부부들이 이미 그곳에 다녀왔다는 듯 행복한 표정으로 노를 젓고 있었다. 그들은 지금 인생 최고로 행복한 시간을 보내고 있을 것이다. 아마 결혼이 모든 걸 해결해주리라 생각할지도 모른다. 그러나 결혼했다고 외로움이 없어지는 건 아니다. 때론 거센 파도가 밀려오고, 비바람 치는 바다에 떠 있는 섬처럼 힘들고 외로울 때도 있을 것이다. 그러나 외로움을 덜고, 기쁨과 슬픔을 같이 나눌 수 있다는 건 인생에서 큰 위안이다.

배우자란 같이 늙어가는, 아니 죽어가는 사람이다. 한 사람이 생을 마감한 후 먼저 떠난 사람을 그리워하는 배우자로 남으려면 유효 기간이 3년뿐인 사랑의 호르몬보다 더 강력한 노력과 희생, 헌신과 양보가 필요하리라.

내가 남편과 만나 한 가정을 이룬 데는 우리 두 사람의 의지보다 더 큰 하늘의 뜻이 있다고 믿는다. 둘의 결혼은 운명이고 오직 사랑이라고 믿었지만, 지금 생각하니 내가 결혼이란 걸 해야겠다고 생각한 시점 이전에 남편보다 멋진 남자가 나타났어도 선택하지 않았을 것이다. 저들 역시 그러한 신비한 과정을 거쳐 이 섬에 왔을 것이다.

결혼 이후 내게는 이전과 다른 삶이 펼쳐졌다. 장점이라고 생각했던 것이 단점이 되어 때로 불협화음을 내었으며, 남편과 나와 연결된 가족들과 얽힌 크고 작은 사건들을 같이 겪었고, 두 분 아버님 장례를 치렀다. 이젠 남편 뒷모습만으로도 마음 상태를 알 수 있다. 지금쯤 커피를 마시고 싶은지, 화를 감추고 있는지, 어디론가 떠나고 싶은지.

서울로 오기 전날, 남편과 나는 해먹에 누워 밤이 깊어갈수록 더욱 선명해지는 별들을 바라보며 노래를 불렀다. 머리 위로 우주가 쏟아지는 것 같았다. 수십억 개의 실과 바늘이 하늘에서 떨어져 내려오다가 서로 꿰어져 땅에 떨어지는 것이 부부의 인연이라는 이야기가 그대로 믿어지며 참으로 평안했다.

물이 들어오는지 찰싹대는 파도 소리가 리드미컬했다. 잠이 왔다. 잠결 사이로 섬에서 만났던 신혼부부들이 우리처럼 인생의 내밀한 기쁨을 느끼며 두 부부만 알 수 있는 역사를 지어가며 살아가는 오래된 미래가 보였다. 인류가 생긴 이래 이어져온 아주 익숙한 오래된 미래가.

갑작스런 이별

○

"아버님 병환이 중해지셔서 만나 뵐 시간이 얼마 남지 않으신 듯합니다. 아버님께 마지막 인사드리실 분들께서는 강남성모병원 ○○○호실로 오시면 되겠습니다. 좋지 않은 소식 전해드려 죄송합니다. ○○○ 드림."

이생의 삶이 며칠 남지 않았다는 고등학교 은사의 병문안을 가는 길이다. 마음에 늘 갚아야 할 빚으로 남아 있는 고마운 선생님인지라 감기 몸살로 오한이 들어 고통스러운데도 주사를 맞고 겨우 몸을 추슬러 생의 마지막을 사르고 있을 스승을 뵈러 가고 있다. 왜 나는 지금까지 마음에만 두고 찾아뵐 생각을 하지 못했을까. 중요한 일은 먼저 하라 했는데, 무슨 허접스러운 일을 하느라 시간을 내지 못했을까.

선생님은 어떤 모습일까. 나를 알아보실까. 그 아들은 아버지의 휴대폰에서 내 이름을 발견했을 것이다. 그리고 어떤 관계인지 모르면서 망설이는 마음으로 정중하게 소식을 전했을 것이다.

떨리는 마음으로 병실을 노크했다. 고등학교 졸업 30주년 홈커밍데이에서 뵌 지 한참 지났다. 선생님은 기능이 떨어진 간과 신장 때문에 얼굴색이 검었지만 조금 말랐을 뿐, 잘생긴 넓은 이마는 여전히 윤이 났고 곱게 늙은 노인의 풍모를 보였다.

사모님이 지극정성으로 간병을 하신 듯 머리도 단정히 염색해 세상과의 인연이 얼마 남지 않은 환자처럼 보이지 않았다. 공기 좋은 파주로 옮겨 가벼운 농사를 지으며 자연과 벗하며 투병 생활을 하셨던 선생님은 찾아뵈려고 할 때마다 항암 치료 중이라며 한사코 방문을 거절하셨다.

"선생님, 저 기억하세요?"

고개를 무의식적으로 끄덕거리는 듯했으나 기운이 없는 듯 곧 눈을 감았다. 나는 그 끄떡거림이 고마워 와락 손을 잡았다. 그역시 응답하듯 내 손을 마주 잡았다. 순간 선생님과의 지난 일들이 눈앞에서 지나갔다. 흘러내리는 눈물을 닦지도 않은 채 선생님 손을 잡고 가족들과 이야기를 나누었다. 깊이 잠이 드신 듯하여 손을 빼려고 하자 그가 손에 힘을 주어 내 손을 꼭 잡았다.

재단이 튼튼했던 신흥 고등학교 이사장은 명문대를 많이 보내려는 야심을 품고 장안의 실력 있는 영어, 수학 교사들을 스카우트했는데 선생님은 그중에 한 분이었다. 남학교에 계시다 온 선생님은 뒷짐을 진 손에 지름 1.5센티미터 정도의 기다란 막대기를 흔들고 다녔다. 목소리도 쩌렁쩌렁했다. 어찌 보면 이과에서 수학을 가르치는 선생님과 문과반이었던 나는 그 사건만 아니라면 영원히 인연이 없었을 것이다.

2학년 봄, 수학여행 때였다. 천마총과 불국사를 돌고 기와지붕을 인 불국사 앞 큰 여관에 묵었다. 열 명씩 한 방에 배정된 우리들은 음료수와 과자를 이불 앞에 펼쳐놓고 밤새 수다를 떨 예정이었다. 모처럼 공부에서 해방된 우리는 사실 밤을 새우며 이야기를 나눌 수도 있었을 것이다.

남학교에서 해오던 대로 술이나 담배, 카드놀이를 단속할 책임감을 느꼈던 것일까. 선생님은 예의 그 막대기를 들고 각 방 밤 순시를 돌았다. 사명감에 불탄 선생님은 기습적으로 우리 방문을 노크도 없이 확 열었다. 문을 등에 두고 앉았던 나는 거의 180도로 고개를 돌려 선생님을 못마땅한 얼굴로 돌아봤을 것이다.

"너희들 뭐 하는 거야. 담요 밑에 숨긴 거 당장 꺼내."

"아무것도 없는데요. 우리는 그냥 이야기하던 중이었어요."

선생님은 내 말대꾸가 못마땅했는지 "너 나와!"라고 하셨다. 크게 말썽을 부리지 않고 학교생활을 했던 나는 설마 무슨 일이 있으랴 싶어 당당하게 선생님을 따라갔다. 위층 아무도 없는 방으로 나를 데리고 간 선생님은 다짜고짜 내 얼굴을 때렸다. 나는 순간적인 일격에 당황하고 자존심이 상했다. 친구들은 울면서 돌아온 나를 위로하느라 그 가볍고 명랑했던 분위기도 싸늘하게 가라앉았고, 우리들은 이불을 펴고 자리에 누워 선생님을 성토하다 하나둘 잠이 들었다.

서울로 돌아와 며칠이 지나고 선생님은 나를 교무실로 불러, "남학교에 있다 와 여학생들을 다루지 못하겠다. 마음도 잘 모르겠고, 미안하다"고 하셨다. 그 마음이 이해되어 그럴 수도 있겠다 싶었다. 선생님은 사과의 뜻이라며 노트 한 권을 마련해 『수학정석』 문제를 열 문제씩 일주일에 두 번 풀어오라고 숙제를 내주셨다. 그때부터 노트가 오고가는 특별 과외가 시작되었다.

선생님은 틀린 답에는 "이것도 모르냐, 바보야" 하시며 빨간 펜으로 고쳐주시기도 했고 과정을 건너뛰고 답만 적은 곳에는 친절하게 풀이를 쭈욱 적어주시기도 했다. 그때 수학이 참 논리적인 학문이라는 것을 깨우치게 되었다. 수학 실력이 선생님 덕분으로 조금 올라간 듯했지만, 논리적이라기보다는 직관적인 나는 늘 수학이 어려웠다.

그해 가을, 행주산성으로 소풍을 갔다. 기울어가는 유순한 가을 저녁 햇볕을 받고 일렁이는 노란 벼 물결에 취해 그 속의 풍경이 되고 싶었던 나는 귀가하는 대오를 이탈했다. 친구들을 놓치고 버스를 놓쳐도 좋다고 생각했다. 노을이 붉었던가. 가을이 이렇게 저물어가는데, 바람은 산들산들 부는데 공부는 해서 뭐하자는 건지 그냥 쓸쓸해져서 논둑길 사이를 걷는데 갑자기 선생님의 허스키한 목소리가 들렸다.

"야, 이놈아. 너 이런 데 있으면 안 돼. 금방 어두워지는데 차 놓치면 어떡할 거야."

혼자만의 시간을 뺏긴 게 아쉬웠지만 또 한편 갑자기 나타난 선생님이 반가웠다. 선생님은 곁길로 빠지는 나를 언제 보셨는지 찾으러 오신 거다. 논둑에 앉아 다리를 늘어뜨리고 흔들며 선생님에게 사춘기 소녀 감상을 투정 부리고 싶었는데 야속하게 나를 앞장세워 몰고 가셨다.

세월은 어김없이 흘러 고3이 되었다. 매달 치러지는 모의고사 성적을 전교 1등부터 꼴등까지 게시판에 올리는 비민주적인 수험생 생활이 정신없이 흘러갔다. 여대를 우습게 여기고 공학을 가려던 나를 선생님이 불렀다. "인마, 너는 수학 잘하는 남자애들하고 경쟁하면 밀려" 하시며 여대를 권하셨다.

어쩜 내 고집대로 공학을 지원했더라면 나는 다른 인생을 살고 있을 것이다. 그때마다 선생님을 떠올렸지만 대학 들어가 두어 번 찾아뵙고는 사는 게 재밌고 바빠 그를 잊었다. 그러나 스 승의 날이 되면 늘 제일 먼저 떠오르는 선생님이었다.

이과 친구들을 통해 그의 투병 소식을 들었지만 왠지 혼자 가 뵙기에는 쑥스러웠다. 투병 생활의 적적함을 달래시라고 내가 쓴 책을 보내드리고 수필 월간지도 보내드렸다. 아마 거기에는 '선생님 제자가 이렇게 잘 살고 있어요'라는 뜻이 담겨 있었으리 라. 전화 드리면 선생님은 늘 과장된 듯 큰 목소리로 잘 읽고 있 다고, 고맙다고 하셨다. 자랑스럽다고도 하셨던가.

잡은 손을 살며시 놓으며 "선생님, 다시 올게요" 하자 크게 고 개를 끄덕였다. 병실을 나오며 인사를 하는 아들에게 "뵐 수 있 는 기회를 주어 고맙습니다. 다시 꼭 연락 주세요"라고 짧은 인 사를 하는데도 눈물이 뚝뚝 흘러 결국 고개를 돌려야 했다.

병원에 다녀온 지 이틀 후, 아들에게서 선생님이 하늘나라에 가셨다는 문자가 왔다. 언젠가 선생님에 대한 글을 쓰게 되리라 는 것을 알았지만 이런 식으로 갑작스런 영원한 이별에 대한 이 야기를 쓸 줄은 몰랐다. 정말 몰랐다.

불안한 행복

영하 12도의 매서운 바람 휘몰아치는 추위에 몸이 언 채 들어오니 훈훈한 실내로 가족들이 나를 맞아준다. 그리고 강아지까지 폴짝폴짝 뛰며 안아달라고 한다. 가족 모두 두고 열이틀 동안 외국 여행을 하다 돌아온 나를 이리 반갑게 맞아주니 미안한 마음이 들었다. 완벽한 평화였다. 행복의 절정이다.

나는 살짝 불안함을 느낀다. 다음 순간 방정맞게 비극적인 재앙이 닥칠까, 행복에 대한 대가를 치러야 하는 게 아닐까, 허망한 순간이 다가오는 건 아닐까 하는 생각이 들었다. 세상을 경험한 만큼 많은 위험 속 예기치 않은 복병을 만나 고생하는 일들을 수없이 봐와서일까. 나는 내 행복을 불안하게 바라본다.

뜻을 펼치지 못한 정치인으로 사셨던 아버지의 영향일까. 나는 일찍 철이 들어 인생은 그리 기쁜 것도 슬픈 것도 아니라는 사실을 빨리 깨달았다. 새옹지마塞翁之馬, 호사다마好事多魔, 화불단행禍不單行이란 단어로 내 행복을 경계했다. 너무 행복해하면 신이 샘을 내 머리채를 잡아챌지 모른다고 경계했다. 그래서 나는 늘 행복한 순간조차 온전하게 '행복감'에 빠져들지 않았다. 역설적으로 고난 중에 있을 때도 나는 정말 힘들지 않았다. 나는 내 고난과 고통을 객관적으로 바라보았다. 새옹의 말이 있었으니까. 화가 복이 될 수도 있으니까.

달콤한 꿀을 맛볼 때 쓰디쓴 담즙을 잊지 말라는 서양 속담처럼 올라갈 때는 내려갈 때를 생각했다. 행복할 때 불행을 떠올리고, 즐거울 때 슬픔을 떠올렸던 나는 태생적으로 인생을 즐길 수가 없었다.

남편이 인간관계도 좋고 사업도 잘되고 한때 잘나가던 시절, 이 행복이 불안하다고 말했다. 나는 마음의 기저를 짐작할 수 있어 동지애를 느꼈다.

여행을 가서도 며칠이 지나면 나는 불안감을 느낀다. 내 주변을 떠도는 평안과 행복이 불안하다. 내가 이 행복을 받을 만한지 죄스럽다. 파울로 코엘료Paulo Coelho는 "인간은 죄책감을 가지고 태어나기 때문에 행복이 가까이 오면 두려움에 빠져든다"고 했고, 빅토르 위고_{Victor Hugo}는 "행복하다고? 살짝 몸을 움츠려서 눈에 띄지 않게 해. 그 행복 꼭꼭 감춰라"고 했다. 하이네_{Heinrich Heine}는 "행복은 한곳에 머물러 있지 못하는 경망스런 계집애이고 불행은 내 가슴을 짓누르면서 침대 옆에서 뜨개질을 한다"고 했다. 나는 책을 읽으며 이런 구절들에 밑줄을 긋고 마음 중심에 둔다.

주변에서 어디서 무엇을 먹을까, 무엇을 마실까 걱정하며 인생을 가볍게 사는 사람들을 본다. 그들의 클클거리는 수다를 들을 때 나는 최소한 그들과는 다르다고, 나는 아니라고 손사래 치고 싶다. 무겁게 인생을 산 아버지와 어머니 때문에 온전히 가벼운 인생을 누릴 수 없다. 아니, 굉장한 박애주의자는 아니지만 지금도 지구상에는 먹을 것이 없어 뼈만 앙상한 어린이들과 전쟁과 기근으로 생명의 위협을 받는 사람들을 생각하며 죄책감을 느낀다.

얼마 전 서른한 살 된 친구 아들이 사고로 갑작스레 세상을 떠났다. 장래를 걱정하며 같이 기도했던 그 아들의 죽음은 내 자식의 그것 같아 마음이 미어졌다. 이 세상에서 제일 피하고 싶은 것이 갑작스런 죽음일진대 나는 그녀의 고통을 감히 상상할 수조차 없다. 장례식장에서 나는 그녀를 바라볼 수 없어 그저 껴안고 울기만 했다.

친구들과 야구 보고 맥주 한잔하고 온다던 아들이 밤늦도록 들어오지 않고 있다. 나는 잠을 이룰 수 없다. 자리에 누워 TV 뉴스에 무심히 눈을 두다 수많은 사건 사고 뉴스에 또 불안감을 느낀다.

나이 들어가며 당연히 주어지는 것은 아무것도 없다는 것, 모든 것이 내 힘으로만 이루어지는 것이 아니라는 것, 그리하여 모든 것이 감사하다는 지혜를 배운다. 두려운 것은 내가 행복하다고 충만한 감정에 빠져 있을 때 타인의 아픔을 망각하는 것이다. 행복에 도취되어 다른 중요한 것을 잃을까, 놓치는 게 있을까 경계한다.

나는 지금도 가끔 가파르게 높아지는 언덕을 숨차 하며 오르는 꿈을, 시험장에 늦게 도착해 허둥대는 꿈을, 사거리에서 어디로 갈지 몰라 당황하는 꿈을 꾼다. 어쩌면 그 꿈은 행복감에 지나치게 빠지지 말라는, 인생에 겸손하라는 경고로 보인다. 나는 최선을 다한 하루를 마치고 누울 공간을 마련하려고 침대 이불을 젖힐 때 제일 행복하다.

현관 비밀번호 누르는 소리가 들린다. 아들이 돌아왔다. 이 밤, 가족들 모두 돌아와 집에 누웠다. 평안하다. 감사하다. 이렇게 오늘 하루 평범하게 보냈다는 사실이 기적처럼 감사하다.

견딜 수 없네

흘러가는 것들을 / 견딜 수 없네. / 사람의 일들

변화와 아픔들을 / 견딜 수 없네.

있다가 없는 것 / 보이다 안 보이는 것 / 견딜 수 없네.

시간을 견딜 수 없네. / 시간의 모든 흔적들

그림자들 / 견딜 수 없네.

정현종 〈견딜 수 없네〉 *

---

* 정현종, 「견딜 수 없네」, 『견딜 수 없네』, 문학과지성사, 2013.

대학 시절 비망록에 적혀 있던 시 구절이다. 그때도 시간의 흔적들을 견딜 수 없었던가. 베란다 창고에 십수 년째 먼지 쌓인 채 방치돼 있던 커다란 종이 상자를 꺼냈다. 수많은 편지 봉투와 여러 권의 스프링 노트가 누렇게 바랜 채 먼지를 뒤집어쓰고 있다. 과거의 흔적을 되새김질하며 내가 살고 싶었던 각도에서 얼마나 멀리 떨어져 나왔는지 언젠가는 들여다보리라 마음먹었지만, 이삿짐을 정리하며 겨우 오늘 아침에야 마음먹고 찬찬히 들여다보기 시작했다.

편지 하나가 툭 떨어졌다. 누구의 글씨일까. 대학 2학년 때 연애랄 것도 없이 일방적으로 따라다녔던, 내게 〈촛불〉이란 노래를 불러주었던 그 친구였다. 희미한 기억을 되짚으니 이름도, 얼굴도 떠올랐다.

"한 마리 학인 양 오늘도 하늘을 쳐다보며 울어보았다. 그저 보고프다는 생각뿐. 이젠 너의 모습을 직접 볼 수 없더라도, 너의 음성을, 필적을 간직할 수 없더라도 내게 베풀어준 뜨거운 마음은 항상 내 옆에 존재하고 있다."

나의 절교 통보에 보낸 편지일 터이다. 그는 시간을 낭비하지 말고 열심히 살라는 어른스러운 충고를 하면서도 전화를 해줄 수 있느냐고 마지막 미련을 비쳤다. 추신으로 낙엽을 밟으며 걸을 수 있게 가을이 빨리 왔으면 좋겠다는 말도 덧붙였다. 그런데 기억컨대 나는 그에게 뜨거운 마음을 베푼 적이 없었다.

그는 상대를 잘못 골랐던 거다. 나 같은 속물이 아닌 순수한 여자를 골랐어야 했다. 그는 남들처럼 평범하게 청춘을 태우고 싶지 않다는 청년으로 바위처럼 흔들리지 않는 삶을 살고 싶어 했다. 나는 인간의 무한한 가능성을 믿으면서도 동시에 종국엔 아무것도 이룰 수 없다는 이중적인 생각을 갖고 있었기에 그가 조금 답답해 보이기도 했다. 그러나 내가 그를 받아들일 수 없었던 결정적인 이유는 그의 작은 키 때문이었다.

그를 회상하며 계속 읽어 내려갔다. "바위는 잘 깨지지만 혼은 분열된 조각 속에서도 항상 존재한다. 나는 비속한 인간이 되지 않겠다"고. 이 대목에서 나도 모르게 작은 탄식을 터트렸다. 중년을 넘어 노년으로 가는 길목, 내남없이 세상 풍파를 만났을 그가 비속하지 않은 인간으로 잘 살고 있을까. 갑자기 마음이 아팠다. 그 시절에도 이 구절을 읽으며 마음이 아팠던가. 손가락 걸고 무엇을 맹세하진 않았지만 그리운 이여.

"난 요새 공부에 대한 회의를 느끼기 시작했어. 공부를 함으로써 보람을 얻지 못하는 데 지쳐버렸어. 더 이상 노력할 힘도 없고⋯⋯."

공부하는 이유를 찾고자 고민하느라 보낸 세월에 대한 안타깝고 불안한 마음이 읽히는 친구 S의 편지이다. 엄격한 수도원에서 인생에 대한 의미를 찾기보다 공부에 매진해야 했던, 그래서 자살로 생을 마감한 『수레바퀴 아래서』의 한스와 친구의 모습이 겹쳐진다.

사춘기 시절, 우리는 맨 뒷자리에 앉아 공부만 하는 친구들을 비웃으며 그들과는 다른(그 가당찮은 분류는 어디서 나왔는지 모르겠지만) '의식' 있는 삶을 살겠다고 다짐하곤 했다. 100여 통이 넘는 그 친구의 편지는 언젠가부터 끊어졌다. 대신 우리는 이메일이나 SNS로 아주 짧게 소식을 전한다. 한때는 학교에서 방금 헤어졌어도 집에 가면 미치도록 보고 싶어 편지도 쓰고 그 친구의 꿈도 꾸었는데, 이제는 1년에 한 번이나 만나 밀린 이야기를 풀어내는 사이가 되었다. 만나지 못하는 만큼의 거리가 생겨 눈을 정면으로 응시하지 못할 때도 있고 까닭 모를 어색함이 서로 허공에서 부딪힐 때도 있다. 무엇이 우리를 변하게 했을까. 무엇이 끼어들었을까.

"끊임없이 계산하고 화려한 것만 좋아하는 어른들이 밉다. 너의 순수, 아니 순진이 맘이 아프다. 본질을 볼 줄 아는 사람하고만 같이 살았으면 좋겠다. 언제까지나 변하지 말고 지금 순수한 모습처럼 행복해지거라. 무진 무진 행복해지거라"라고 죽을 때까지 변치 않는 삶을 살겠다고 말한 친구 H에게 안쓰러운 마음을 담은, 부치지 않은 나의 편지도 있었다. 그 친구는 지금도 순수함이 조금도 변하지 않아 가끔 세파에 찌든 나를 답답하게 만들기도 한다.

의식 있는 여자 티를 낸 편지도 있다. 졸업 후 고향에 내려가 부모님과 살고 있는 친구 J에게, "네게도 획기적인 변화가 있어야 한다고 느껴. 그렇지 않으면 부모님 말씀이나 잘 듣는 여자가 되어갈 거야"라는 어쭙잖은 충고도 했다. 지금 나는 아들이 내 말을 잘 들으면 효자라고 생각하고 있으니 참으로 무서운 게 세월이다.

20대 후반에 쓴 "인생이 내가 생각하는 대로 가고 있다"는 오만한 일기를 보며 피식 웃음이 나왔다. 공자님 말씀처럼 나이를 먹으며 인생이 발전하는 것이라고 믿었던 시절이라 그런 글을 쓸 수 있었을까. 필요 이상으로 진지했던 시절이었다.

돌아보면 삶에 대한 동경과 경멸이 동시에 몰려와 힘들 때도 있었지만, 나름대로 성실하게 살았다. 이사를 대여섯 번 하고 남매를 키웠을 뿐인데 머리가 허예진 남편, 장성한 아들, 딸, 사위, 너무나 연약해서 날 어찌할 수 없게 만드는 사랑스러운 손자와 손녀가 지금 내 곁에 있다.

모든 것은 변했으니 세월도 흘렀을 것이다. 현재를 사느라 사랑을 잊어버리고 우정을 잃어버렸다. 아니다, 잊고 잃어버린 것이 아니라 내 마음 강물 깊은 곳에는 우정과 사랑이 흘러가고 있을 것이다. 과거 소중한 것들을 잊고 있는 동안 어느 누가 "오랫동안 전해오던 그 사소함으로 나를 수없이 불렀을지도" 모를 일이다. 지금 나처럼 말이다.

다시 세월이 흐르면 나도 변하고 내 곁의 사람들과 내가 바라보는 풍경도 변할 것이다. 그리고 먼 훗날 과거가 된 현재를 회상하며 지금처럼 그리움으로 가슴 한구석이 아려오는 통증을 느낄 것이다. 어쩌면 추억 속의 그들 몇몇은 다른 세상으로 건너가 영원히 만날 수 없을지도 모른다.

아침부터 시작한 보물창고 들여다보기가 정오를 훌쩍 넘겼다. 갑자기 한낮의 적요가 견딜 수 없어졌다. 어린 시절 깊이 숨어버린 친구들을 찾을 수 없어 울고 싶은 술래가 된 기분으로 멍하니 앉아 있다.

눈물,
그 인생의 함의

○

　나는 눈물이 많다. 아니, '많아졌다'는 표현이 정확할 게다. 본시 그렇게 눈물이 많은 사람은 아니었는데 살면서 한이 많아져서인가, 설움이 많아서일까, 시도 때도 없이 흐르는 눈물을 감추려고 딴청을 피우기도 하고 아예 들켰을 때는 대놓고 손수건으로 눈물을 찍어내기도 한다.

　친구 딸의 결혼식에서였다. 신부 아버지가 딸 손을 잡고 버진 로드virgin road 끝에 서 있는 모습을 보는 순간부터 눈물이 흐르기 시작했다. 나는 결혼식장에서 신부 아버지가 신랑에게 신부를 인계하는, 너무도 많은 함의가 있는 그 짧은 형식이 싫다. 신부 아버지는 신랑의 어깨를 감싸 안는 것 같기도 했고 툭툭 치는 것 같기도 했다. 30여 년 전 푸릇한 신랑의 모습으로 섰던 그 자리에 이제 아버지가 되어 딸을 사위한테 인계하는 모습이 남의 일 같지 않았다.

단아하게 살짝 고개를 숙이고 한 발 한 발 내딛는 신부를 보며 태어나서부터 본 어린아이가 다 커서 이제 어른이 된다고 생각하니 눈물이 걷잡을 수 없이 흘렀다. 그 아이가 성장해 한 여인이 되어 결혼하는 이 시간까지 수많은 역사가 있었을 것이다. 결혼식이 진행되는 동안 슬쩍슬쩍 흘겨본 혼주석에 앉은 한복 입은 친구의 좁은 어깨가 왠지 축 처졌다고 느꼈다. 또 눈물이 흘렀다.

내가 비정상일까. 어린 시절 욕구가 충족되지 않아서 엄마에게 떼쓰며 흘린 눈물 말고 눈물다운 눈물은 언제부터 흘렸을까. 구름처럼 떠도는 삶을 살았던 아버지와 현실적이었던 엄마가 불협화음을 냈을 터인데, 나는 그분들로 인해 그리 크게 눈물을 흘린 기억이 없다.

그런 내가 영화를 볼 때는 잘 울었다. 영화를 보며 최초로 눈물을 흘린 것은 중학생 시절 인도 영화 〈신상神像〉을 보았을 때 같다. 평범한 한 남자아이가 집에서 키우는 코끼리와 같이 성장하면서 겪은 이야기를 담은 영화였는데, 무엇이 그리 슬펐는지 상영 내내 울었다. 그 후 한동안 설문조사 항목에 감명 깊게 본 영화 제목으로 유명하지도 않았던 영화 〈신상〉을 적어 넣었다.

한참 세월이 흘러서는 영화 〈실미도〉를 보며 울음소리가 입 밖으로 빠져나와 입을 막을 정도로 울었다. 북파 공작원 훈련을 받다가 남북 화해 모드가 무르익어 자신들이 필요가 없어진 것을 눈치챈 실미대원들이 항의를 하려고 시내로 진입하다 결국 죽음을 맞는 이야기이다. 나는 궁지에 몰린 그들이 "우린 이름도, 주민등록증도 없는 사람들이니 자폭을 해 사라져도 이 세상은 알지 못한다"고 말했을 때 한 장 종이쪽에 지나지 않은 거라고 생각했던 주민등록증의 함의가 너무 커 눈물을 흘렸다.

프랑스의 시인 가이드가 노르망디 해변 디에프에서 〈갈 수 없는 나라〉를 목 놓아 부를 때 디아스포라인 그의 삶이 떠올라 울었고, 용재 오닐이 〈섬집 아기〉를 연주할 때는 입양되었던 그의 장애 어머니 때문에 일찍 철이 든 그가 안쓰러워 눈물을 흘렸고, 동물 서커스를 볼 때는 입을 가진 것들의 어쩔 수 없는 슬픔, '파블로프의 개'가 떠올라 울었다.

눈물은 사라져가는 숙명을 가진, 생명 있는 것들에 대한 연민이다. 약한 것, 흘러가는 것, 지는 것, 부서지기 쉬운 것, 남루하고 쓸쓸한 것에 대한 연민이다. 세상을 본 만큼, 세상을 돌아다닌 만큼, 책을 읽은 만큼, 사람을 만난 만큼, 경험한 만큼, 꼭 그만큼의 눈물을 흘릴 수 있다. 눈물에도 급이 있어 더 진한 눈물과 짠 눈물이 있다. 때론 눈물 한 방울이 쏟아지는 눈물보다 더 진할 수 있다.

눈물은 슬픔이 슬픔에게 말을 걸 수 있을 때 흘리는 것이다. 너무 슬프면 눈물조차 나오지 않는다. 먹먹한 슬픔으로, 닥친 고통을 해결하느라 눈물조차 흘릴 수 없는 때가 있다. 아버지가 노후에 암 통고를 받았을 때 나는 내 살림을 하면서 엄마를 위로해야 했고 통원 치료를 함께 다니느라 울 수조차 없었다.

아버지의 장례를 치르고 돌아와 병원 침대에 누워 영양주사를 맞는데 눈물이 하염없이 흘렀다. 눈물은 세상 떠난 아버지 대신 흘리는 회한이자 나에 대한 연민이었다. 병원 문을 나서는데 눈이 부셨다. 아파트 광장으로 들어오는 입구에 피어 있는 환한 진분홍빛 철쭉이 어느새 활짝 피어 있었다.

눈물을 흘리고 나면 눈동자도, 마음도 순해져 살아갈 힘을 얻는다. 살아온 세월이 늘어날수록 내 눈물도 늘 수밖에 없겠지만 악어의 눈물 말고 동정심 많아 흘리는 눈물을 흘리고 싶다. 가수 조용필도 "한오백년 살자 해도 동정심 없으면 못 살겠네"라고 노래하지 않았던가.

며칠 전 지인의 출판 기념회에서 『논어』를 읽으며 울었다는 한 남자를 만났다. 나보다 더 강적을 만난 것이다. 『논어』의 어느 부분이 슬펐을까. 그는 인생을 풍요롭게 살았을 것이다. 다양한 경험이 축적되어 머리뿐 아니라 몸과 마음으로 이해했을 것이다. 동정심 많은 사람들과 함께하면서 작가적 감성과 예민한 촉수로 벼린 글을 쓸 수 있다면 얼마나 좋을까.

중노인의
　어느 봄날

○

　요양원에 들어서면 음식 냄새와 대소변 냄새, 소독약 냄새가
섞인 묘한 냄새가 난다. 복도를 걸으며 그것을 죽음의 냄새라고
생각한다. 조금이라도 움직일 수 있는, 족히 여든은 넘었을 노인
들이 옹기종기 모여 퍼즐 맞추기를 하거나 젓가락으로 쟁반에
있는 콩을 집어 접시로 옮기는 놀이를 하고 있다.
　아예 거동조차 할 수 없어 누워만 있는 어머니의 병실에 사월
의 밝은 오후 햇살이 무심하게 비친다.
　"어머니, 식사하셨어요?"
　어머님은 무표정한 얼굴로 고개를 끄덕이신다. 나는 어떻게

든 대화를 끌어가려고 말을 이어가지만 어머니는 멍하니 나를 쳐다볼 뿐이다. 어머니의 눈은 나를 보는 듯하지만 허공을 향하고 있다. 어머니의 화려했던 젊은 시절을 생각하며 손등을 만진다. 로션을 꺼내 얼굴과 손에 발라 드린다.

"어머니, 참 예쁘다. 우리 어머니는 피부가 어쩌면 이리도 곱지?"

양옆 입술을 조금 올리며 어머니가 희미하게 웃는다. 하릴없이 그런 어머니를 한참 바라본다.

나 대신 대소변 기저귀를 갈아주고 음식을 떠먹여드리는 요양보호사와 간호사들에게 죄스러움과 고마움을 느끼며 눈치를 보고 어색하게 인사하며 엘리베이터 버튼을 누른다.

"자식들 힘들지 않게 그냥 죽어야지."

아침에 서운함을 비치며 전화를 끊은 엄마 집 비밀번호를 누른다. 몇 가지 반찬과 국, 찌개를 냉장고에 들여놓는 내 등 뒤로 엄마가 한마디하신다.

"내가 왜 이리 기운이 없니?"

나는 차마 늙어서 그런 거라고, 자연스런 노화의 현상이라고 말하지 못한다. 엄마를 모시고 안과에서 녹내장 약, 내과에서 당뇨 약, 혈압 약을 타기 위해 매달 한 번 꼴로 대학 병원을 찾는다. 엄마는 성실한 사람답게 그 많은 약들을 시간 거르지 않고 꼬박 꼬박 잘 드신다. 그리고 그리스 신들이 먹었다는 '암브로시아'라는 이름도 거창한 입맛 돋우는 약이며 영양제며 녹용도 드시는데 엄마의 기력이 쇠해지는 걸 느낀다. 차라리 엄마가 어디가 확실하게 아파 병원에 입원하고 치료할 수 있음 좋겠다는 생각을 한다.

내가 대답이 없자,

"너는 내가 하는 말을 건성으로 듣는구나"라고 하신다.

나는 확 짜증이 올라온다.

"엄마, 병원에 입원하실래요?"

갑작스런 내 어퍼컷에 엄마는 입을 다문다.

집으로 돌아오는 길, 문득 손주들이 보고 싶다는 생각을 한다. 나도 모르게 마음이 환해지며 경쾌하게 딸 집의 초인종을 누른다. 손자랑 머리를 맞대고 노래가 나오는 책을 같이 읽고, 미끄럼틀을 타고 의기양양하게 나를 바라보는 손녀에게 잘한다고 손뼉을 쳐준다. 딸은 두 아이 육아에 지쳐 힘든 눈치다.

'나도 힘들어. 너를 도와줄 힘이 없구나.'

속으로만 생각할 뿐 입 밖에는 내지 않는다. 나는 슬그머니 내 가방을 집어 든다. 가지 말라고 떼쓰는 손자를 보고 나는 어느새 함박웃음을 짓는다.

벚꽃이 어느새 지는지도 모르게 다 져버렸다. 이제 꽃 진 자리에 새싹이 돋아난다. 자연은 저리도 새로운 기운을 뿜어내는데 나는 팔다리에 힘이 없다. 목도 아프다. 이제 나도 모든 것 다 내려놓고 아프고 싶다. 아무래도 내일은 내가 병원에 가봐야 할 것 같다.

바람처럼
　　　자유롭게

베란다 문을 열어놓고 섭씨 22도 정도의 덥지도 춥지도 않은 상쾌한 바람을 맞으며 영화 〈빠삐용〉 주제가인 〈바람처럼 자유롭게Free As The Wind〉를 듣는다. 이렇게 오래된 음악은 CD가 아니라 지글지글 잡음이 들리는 LP판으로 들어야 제격이다.

바람처럼 자유롭게, 나는 그렇게 살아야 해. 그래, 그런데 그렇게 살아왔을까. 유약한 더스틴 호프만을 뒤로하고 감옥에서 탈출해 바다로 뛰어내려 드디어 자유를 찾은 스티브 맥퀸의 얼굴이 오버랩되면서 슬쩍 눈물이 고인다. 그가 바다로 뛰어내린 순간의 자유가 손에 만져지는 것 같다. LP판이 튄다. 이 아날로 그가 너무 좋아 나도 모르게 신음처럼 "미치겠다"라는 말이 터져 나온다.

대학 방송국 기자였던 나는 수업을 마친 후나 공강 시간에 방송국 스튜디오로 숨어들었다. 때로는 운이 좋아 아무도 없을 때가 있어서 방음장치가 완벽하게 되어 있고 음반이 빽빽하게 꽂혀 있는 자료실을 독차지할 수 있었다. 음악을 들으며 숙제를 하기도 했고 책을 읽기도 했다. 클래식 LP 음반이 꽉 찬 자료실은 나의 천국이었다.

교내에서는 민주화를 요구하는 시위가 연일 이어졌고 학생들은 시내로 진출해 격렬한 시위를 벌이기도 했다. 나는 음악을 들으며 어설픈 낭만에 취해 치열하게 살지 않았다. 2년 6개월간 이 공간을 제공해준 학교에 빚졌으며 민주화에 운동을 바친 시대에 빚진 자가 되어 살았다.

민주 정권에 대한 열망으로 희망에 차 있던 1980년 '서울의 봄'은 우리의 기대를 무참히 저버렸다. 그해 5월 15일인가 16일, '군부 물러가라'며 전국에서 몰려든 학생들이 서울역으로 몰려갈 때 나는 스튜디오에서 그날 녹음된 방송을 송출하는 엔지니어를 맡았다. 나는 정규 방송을 내보낼 수 없었다. 아니, 내보내서는 안 된다고 생각했다. 텅 빈 오후 교정에 학내 뉴스와 음악이 공허하게 메아리치는 것은 분명 어리석고 우스운 일이라고 확신했다. 나는 막스 브루흐Max Bruch의 첼로곡 〈콜 니드라이〉와 모차르트Mozart의 〈레퀴엠〉을 반복해서 틀었다.

방송이 끝나자 방송국 지도 교수가 나를 불렀다.

"왜 그랬어? 이 민감한 시기에 정규 방송을 내보내지 않고 학교 분위기를 우울하게 만드는 곡만 반복해서 트는 것은 위험하다는 것을 몰라?"

아무 말 없이 고개를 숙이고 있던 나를 보고 50대 초반의 여자 교수는 한숨을 쉬더니 그만 나가보라고 했다. 나는 징계의 대가로 시말서 한 장을 썼다. 음악 방송에 음반이 튀면 미리 체크를 하지 않았다는 이유로, 편성표대로 방송을 내보내지 못하면 이유 불문하고 우리는 시말서를 써야 했다.

4학년 가을, 주변에서 한두 명씩 취직했다는 소식이 간간이 들려왔다. 나 역시 외국계 회사나 은행, 방송국에 원서를 넣고 기다리던 시월 어느 날, 따뜻한 안방에 무기력하게 누워 있다가 극동방송 아나운서로 가지 않겠느냐는 방송국 지도 교수의 전화를 받았다. 나는 길게 생각하지도 않고 단호하게 가지 않겠다고 대답했다. 전화를 끊고 나서야 교수님의 체면을 생각해서라도 하루쯤 시간을 달라고 했어야 했나 하는 생각이 들었다. 하지만 무모하고 도도하기만 했던 20대 초반의 나는 공중파 방송도 아닌 기독교인을 대상으로 한정되어 있는, 그것도 라디오 방송만 있는 방송국에 추천해주겠다는 사실에 은근히 화가 난 채로 전화를 받왔던 것 같다.

결혼 후 기독교인이 된 나는 그때 극동방송으로 갔더라면 내 삶이 많이 달라졌을 거라는 생각을 가끔 했다. 한순간도 망설이지 않고 그 길을 선택하지 않았지만 두고두고 생각나는 가지 않은 길이다.

20여 년쯤 지나 한 친구에게서 그 교수의 사망 소식을 들었다. 은혜를 바위에 새기기만 했지 갚지는 못했다. 그 교수는 재야 인사였던 남편을 내조하고 드디어 국민의 정부 들어서 남편이 대학 총장이 되어 좀 살 만해졌나 했는데, 남편의 외도로 이혼 후 마음고생을 많이 했다고 한다.

가슴이 저려왔다. 언제나 지속될 것 같은 시간은 착각이라는 것을 지금껏 살면서 수없이 체득했건만, 시간이 많이 남았다고, 차 한잔할 시간이, 얼굴 마주보며 밥 한번 먹을 시간이 충분하다고 생각했다.

엄마가 알면 펄쩍 뛸 일이었지만 나는 내게 내려온 장학금을 친구에게 양보했다. 그런데 그 지도 교수는 장학금 한 명분을 더 받아와 내게 주었다. 갚지 못한 은혜를 어찌할까……. 방송국 쫑 파티 때 그분이 졸업생 중 제일 수고를 많이 했다고 내 이름을 불러주어 같이 고생했던 친구들에게 민망했던 기억도 난다. 나는 그분이 왜 그리 나를 챙겨주셨는지 알지 못한다. 다만 백담사 숙소 사건 때문이 아니었나 추측할 뿐이다.

2학년 겨울 백담사로 MT를 갔다. 버스가 내설악 백담 산장까지 진입하지 못해 우리는 밤늦게 30여 분을 배낭을 메고 어둡고 험한 밤길을 걸어 올라갔다. 산장에 도착했을 때 우리는 졸립고 지쳐 있었다. 모두들 앞뒤 생각 없이 피곤한 몸을 누일 방을 차지했다. 그런데 가만히 보니 뒤늦게 도착한 교수와 조교들은 체면상 학생들에게 양보하라는 소리도 하지 못하고 묵을 방을 찾지 못해 어쩔 줄 몰라 하고 있었다.

나는 친구에게 하룻밤쯤 한데서 자는 것도 추억이라고, 우리 방을 양보하자고 말했다. 덕분에 그 친구와 천장 다락방에서 까만 하늘에 쏟아질 듯 점점이 박힌 수많은 별을 바라보며 머리까지 맑아지는 찬 공기를 마시며 밤새껏 이야기를 나눌 수 있었다.

미샤 마이스키Mischa Maisky가 연주한 '신의 뜻'이라는 의미를 가진 〈콜 니드라이〉 음반을 올려놓는다. 내 영혼 깊은 곳을 파고드는 깊고 장중한 첼로 선율에 몸을 맡기며 나의 나 된 것, 현재 나의 모든 것이 신의 뜻이라는 생각이 들었다.

가끔 심신이 지칠 때, 위로가 필요할 때 나 자신만을 위한 DJ가 되어 LP판을 올려놓는다. 까만 레코드판이 돌아가고 바늘이 골의 신호를 지지직거리며 읽어낼 때, 손잡이를 놓으면 찰칵하고 둔중하게 문이 닫히던 순간 안온한 느낌을 주던 그 녹음실 스

튜디오가, 마땅히 사람의 도리를 하지 못하고 엉거주춤 시대를
살았던 제자를 사랑으로 돌보던 불운한 그 지도 교수가, 그리고
나의 수많은 가지 않은 길들이 떠오른다.

사진은 슬프다 ─────

○

처진 입꼬리를 최대한 자연스럽게 올리고, 작은 눈에 잔뜩 힘을 주고 카메라 렌즈를 바라본다. 물론 눈가에 주름이 지거나 눈이 더 작아 보이면 안 되니까 함박웃음은 금물이다. 셔터를 늦게 누르면 억지 미소와 어색한 표정으로 입에는 경련이 날 지경이다.

우리는 행복한 순간에 카메라 앞에 선다. 여행을 떠났을 때나, 멀리 떨어졌던 가족들을 만났을 때, 오래 만나지 못했던 친구를 만났을 때도 그 순간을 영원히 붙잡아두고 싶어서 카메라 앞에서 미소를 짓는다. 요즘은 카메라 대신 화소가 좋아진 손전화

가 그 역할을 대신해 한때 유행했던 손에 맞춤한 디지털 카메라
는 어느새 다 사라져버렸다.

시어머니 칠순 잔치 때 어머니로 인해 세상 빛을 본 자식들
과 손자들이 모두 모여 사진관에서 기념사진을 찍었다. 가족사
진을 찍고 난 후 독사진을 찍자고 말씀드렸다. 어머니는 그 사진
의 용도를 눈치채셨지만 흔쾌히 응하셨다. 카메라 앞에서 어머
니는 이 세상에서 제일 행복한 미소를 머금으셨다. 그 후 21년을
더 사신 어머니는 작년 봄, 사진 속에서 분홍빛 재킷을 입고 곱
게 화장을 한 행복하고 예쁜 모습으로 장례식장에서 우리를 맞
았다. 3년여 요양원에 계시며 남자처럼 바짝 깎은 허연 머리와
뼈만 남아 움푹 들어간 볼과 콧줄을 낀 고통스런 모습을 충분히
잊게 만들었다. 장례 일정 내내 그 사진을 보며 어머니와 함께했
던 행복한 순간들을 떠올렸다.

오랜만에 앨범을 펼쳐본다. 지금은 어른이 된 아이들이 기저
귀를 차고 뒤뚱뒤뚱 걸어가는 모습, 경주 보문단지에서 만개한 벚
꽃을 뒤로하고 아들을 어깨에 올리고 무등을 태우고 함박 웃던 젊
은 시절의 남편, 선글라스를 끼고 긴 머리카락을 날리던 30대의
나도 있고, 내 결혼식장에서 슬픈 표정을 보이던 엄마도 있다.

나도 모르게 작은 한숨이 새어 나온다. 우리 모두는 헤어스
타일도, 얼굴도, 표정도 변했다. 흘러가는 것들, 사라지는 것들
사이로 변한 우리가 있다. 일찍이 정현종 시인은 "모든 흔적은

상흔陽痕"이라 했다. 그래서 사진은 슬프다.

마음이 지칠 때면 컴퓨터에 연도별로 저장한 사진을 들여다본다. 그때 불던 바람과 동행한 사람의 미소를 느끼고 내 마음은 어떠했는지 생각하면 어느새 맘은 평온해진다. 입체를 평면으로 만드는 사진은 신기하게도 거짓말을 하지 않는다. 사진은 내가 육안으로 보는 것보다 더 정확하게 사실을 전달한다. 겨우 1년 전의 세월의 흐름도 잡아낸다. 그래서 사진은 역사다.

나의 시력과 기억을 의심하게 된 이후 셔터를 자주 누른다. 사진은 흐려져가는 내 눈보다, 기억보다 더 정확하다. 그리하여 요즘 나는 여행을 눈 대신 카메라 렌즈로 다닌다. 일단 찍고 나서 컴퓨터 화면으로 옮겨 돋보기를 쓰고 들여다보면 육안으로 못 보던 것도 보게 된다.

2014년 여름에 안타깝게도 자살로 생을 마감한 내가 좋아하는 배우 로빈 윌리엄스Robin Williams가 열연한 〈스토커〉라는 영화가 있다. 그는 대형 편의점 사진 현상소에서 일하는 중년 남자다. 혼자 인스턴트 음식을 전자레인지에 돌려 데워 먹고 홀로 잠에 드는 그의 유일한 즐거움은 사진 속 다른 가족의 행복을 훔쳐보는 일이다. 훔쳐본다는 표현은 어폐가 있다. 수많은 사진을 인화하다 자연스레 그리 되었을 것이다.

외로운 그는 어느새 그들과 행복을 공유하고 있다. 그런데 그가 관심을 가지는 어느 행복한 가정의 남편이 아내 몰래 딴 여자를 만나는 것을 알게 된다. 그는 행복한 가정을 파괴한 남편을 용서할 수 없어 스토커가 되어 그 남자를 응징하는 일에 나선다.

수전 손택Susan Sontag은 "사진을 찍는다는 것은 사진에 찍힌 대상을 소유한다는 것이다"라고 했다. 로빈 윌리엄스는 자신도 모르는 사이에 피사체의 모습을 소유하고 급기야 그들의 삶에 동참하고 개입하게 된 것이다.

한동네에서 16년을 살던 우리 가족은 길 건너 버스 정류장 뒤 단골 사진관 아저씨에게 아이들의 입학 사진, 우리 부부의 주민등록 사진, 운전면허용 사진, 여권 사진 등을 찍었다. 사진사는 필름을 가족별로 분류하여 사진을 보관했다. 사진관에는 비록 증명사진이라 할지라도 우리 가족의 역사가 있었다.

어느 날 그가 사정이 있어 사진관 문을 닫는다며 인화지를 돌려주었다. 그 후, 동네 사람에게서 그가 폐암에 걸렸다는 말을 들었다. 그는 정말 사진에 영혼이 있다고 믿었을까. 일일이 자신의 고객에게 사진을 찾아가라고 전화를 돌릴 때 어떤 마음이었을까. 그는 암 투병을 앞두고 자신 앞에서 행복한 표정을 짓고 긴장된 표정으로 렌즈를 바라보았을 바로 그 '순간'의 의미를 알았을 터이다.

직장 다니며 바쁜 아들, 결혼한 딸네 가족과 모처럼 집에서 저녁을 먹고 유쾌한 대화를 나누다 노래방 마이크를 잡았다. 적당한 알코올 기운에 노래를 찾아 부르며 딸도, 아들도, 사위도, 남편도 행복해했다. 나도 이 평화가 감사했다. 그리고 알지 못할 슬픈 기운이 밑에서 차올랐다.

아이들은 키와 지혜가 자라고 어른들은 노쇠해지고, 우리 모두는 언젠가 이 기억조차 떠올리지 못할 때가 올 것이다. 나는 카메라 렌즈를 돌리듯 손주들과 자식들과 남편의 얼굴을 하나씩 천천히 응시했다. 딸이 우리 부부를 위해 예전에 같이 부르던 노래를 찾아 불렀다. 옆에서 듣고 있던 남편이 조용히 일어나 카메라를 들고 나와 우리를 원경으로 찍었다.

그들은 모두
어디로 갔을까

본능처럼 보이는 밥을 먹는 행위에도 그녀에게는 상당한 의지와 힘이 필요했다. 건더기가 하나도 없는 완전히 간 유동식을 수저에 반쯤 담아 떠먹여주는데도 땀을 뻘뻘 흘린다. 콧물도 줄줄 흘러나온다. 빡빡 깎은 머리를 쓰다듬으니 땀으로 젖어 있다.

먹여주는 밥 한 수저도 삼키기 힘든, 피부가 아직도 맑은 50대 중반인, 파킨슨과 뇌졸중 환자인 그녀는 하루 종일 침상에 혼자 앉아 있거나 누워 있다. 정신은 있는데 입술조차 움직일 수 없어 부러진 나무토막처럼 대접을 받아도 한 마디도 할 수 없다.

음식 냄새, 대소변 냄새와 소독약 냄새가 섞인 묘한 냄새가 나는 이곳은 집에서 더 이상 간병을 받을 수 없는 '노인'들이 '요양'을 하는 곳이다.

"나는 안 먹었어. 누가 먹었어?"

휠체어에 앉아 계속 같은 말을 반복하는 여자는 밥을 떠먹여도 "안 먹었어, 누가 먹었어?"라며 여전히 같은 말을 한다. 그녀가 새댁이었을 때 시어머니가 눈칫밥을 먹였을까? 남의 도움을 받을지라도 이제는 당당하게 먹어도 되건만 계속 자기는 안 먹었노라고 변명을 한다.

뼈만 남아 앙상한 하얀 손으로 얼굴을 계속 닦는 시늉을 하는 여자. 이미 호르몬 상태는 여성이 아니건만, 아니 모든 기억이 사라져 여성임을 잊을 법한데도 여전히 예쁘고 싶은 여성성에 숭고함마저 느낀다.

"왜 남이 해놓은 빨래는 조물락거려? 좋은 거 있으면 훔쳐가려고 그래?"

가자미 같은 눈을 흘기며 걸지게 욕을 하는 여자. 경계에 찬 날카로운 눈빛으로 거친 말을 쏟아내는 그녀 곁에는 사람이 없다. 치매에 걸려 의식이 없지만 무의식이 행동으로 나타나는 것이리라. '젊었을 때 잘 살아야지' 하는 생각이 스쳐간다. 그런가 하면 천국을 바라보는 듯 하늘을 향해 하루 종일 찬송가를 부르는 89세 여자도 있다. 그들은 대부분 정확한 나이를 모른다. 몸이 불편하지 않던 그 시절, 그들의 기억은 거기에 머물러 있다.

이제 우리 노후의 모습도 어느 정도는 이러할진대 나는 얼마간의 기간을 이런 곳에서 보내게 될까. 수명 연장이 축복이 아님을 이곳에서 느낀다. 나만의 죽음 방식을 선택할 수 있다면 카를 힐티처럼 맑은 정신으로 경치 좋은 곳에서 책을 읽다가 동백꽃처럼 꺾어지고 싶다.

치매 걸린 남편의 휠체어를 미는 여자와 뇌졸중 걸린 아내의 휠체어를 미는 남자가 나란히 걸어간다. 몇 바퀴 돌더니 힘이 드는지 긴 나무 의자에 사이좋게 앉아 휠체어를 앞에 두고 대화를 나눈다. 그 두 사람은 배우자를 간병하기 위해 매일 이곳으로 출근한다고 했다. 그들은 저녁 식사 시중까지 하고 집으로 돌아가 깜깜한 집 문을 열고 들어가 불을 켤 것이다. TV 코미디 프로그램을 보고 웃다가 문득 요양원에 두고 온 아내와 남편을 떠올리며 우울해할지도 모르겠다.

"내 친구 집사람은 말기 암 진단을 받았는데 곡기를 끊고 열사흘 만에 세상을 떠났대요."

"우리 집 그이가 어제는 갑자기 나를 알아보는 거예요. 잠깐이었지만 얼마나 눈물이 나던지……."

그들은 고개를 끄덕이고 위로도 하고 간병에 대한 정보도 얻는다. 어느 막역한 친구들이 그들의 고통과 마음을 이해할 수 있을까. 연인의 감정을 가진들 어떨까 하는 불경한 생각마저 든다.

아무것도 할 수 없는 배우자를 향한 기약 없는 헌신이 눈물겹다. 우정인들 어떻고, 연민이면 어떻고, 오랜 보살핌으로 마른 몸과 버석거리는 영혼을 소생시키는 한 줄기 사랑인들 어떠랴.

2013년 노벨문학상을 받은 앨리스 먼로_{Alice Munro}의 『곰이 산을 넘어오다』를 영화화한 〈어웨이 프롬 허_{Away from Her}〉에는 요양원에 입원한 배우자를 간병하다 잠시 사랑에 빠진 남녀의 이야기가 나온다. 소설과 영화를 보며 그럴 수도 있으리라 공감했다.

몸을 마음대로 하지 못해 짜증이 나는지 뇌졸중 아내는 휠체어 하나 제대로 못 미느냐고 남편에게 호통을 친다. 남편은 토를 달지 않고 묵묵히 휠체어를 민다. 무감각해진 아내의 다리를 들었다 내렸다 반복 운동시키는 선한 인상의 남편의 흰머리와 굽은 등이 안쓰럽다.

백발 단발머리에 핀을 꽂은 단정한 할머니가 누빔 조끼를 입고 의자에 앉아 볕바라기를 하고 있고, 몇몇은 옹기종기 휠체어에 앉아 TV에 눈을 고정시키고, 몇몇은 아주 진지한 표정을 지으며 기다란 나무젓가락으로 생전 처음 하는 것인 양 콩을 집는 연습을 하고 있다.

스피커에서 힘찬 베토벤_{Ludwig van Beethoven}의 〈환희의 송가〉가 볕바라기를 하고 있는 할머니 머리 위로, TV를 보고 있는 무심한 표정의 노인들 위로, 젓가락질 연습을 하는 할아버지들 위로 공허하게 울려 퍼진다.

한때 머리카락은 힘이 있고 손과 발은 윤기가 흐르고 가지런한 치아에 환한 미소가 아름다웠던…… 그들은 모두 어디로 갔을까.

100년보다 더 긴
7일

그때 나는 그 사람을 기다렸어야 했네

노루가 고개를 넘어갈 때 잠시 돌아보듯

꼭 그만큼이라도 거기 서서 기다렸어야 했네

그때가 밤이었다면 새벽을 기다렸어야 했네

그 시절이 겨울이었다면 봄을 기다렸어야 했네

연어를 기다리는 곰처럼

낙엽이 다 지길 기다려 둥지를 트는 까치처럼

그 사람이 돌아오기를 기다렸어야 했네

안상학 〈그 사람은 돌아오고 나는 거기 없었네〉●

세상에서 제일 싫어하는 건 기다리는 일이었다. 남자친구의 전화를, 취직이 되었다는 합격 통지를, 백마 타고 올 남자까지는 아니지만 나를 이해하고 믿어주고 감싸줄 남편감을 기다리고, 남편의 승진을, 아이의 대학 합격 소식을, 아이의 취업을 기다렸다.

20년간 베를 짜며 남편을 기다린 페넬로페처럼 뼈를 깎는 노력으로 무언가를 기다린 적은 없었지만, 울리지 않는 전화기나 비어 있는 우체통을 바라보며 심장이 타들어가는 고통을 느끼기도 했다. 기다림이 지루하고 아파서 내가 주도권을 쥐려고 했다. 기다림의 상황을 만들지 않으려 했다.

기다림은 기대를 충족시키기도, 때로 배반하기도 했다. 이따금 기다리는 것보다 더 큰 행운이 오는 경우도 있었지만 기다리는 것은 더디 오고, 정말 온다고 해도 기다렸던 바로 그것은 아니었다.

기다림은 미래에 속해 있어 세상 다하는 날까지 계속될 터이지만, 이제 무엇을 이루려 애쓰지 않으니 애타게 기다리는 것도 없다. 순응하고 자족하는 인생의 지혜를 터득해서일까. 아무리 애써도 결국 내 것이 아닌 것은 오지 않을 것이라는 것을 알아서일까. 어느 순간 나는 피와 살이 타들어가는 듯한 통증 없이 살

---

* 안상학, 「그 사람은 돌아오고 나는 거기 없었네」, 『그 사람은 돌아오고 나는 거기 없었네』, 실천문학사, 2014.

고 있다는 것을 깨달았다. 버리고 갈 것만 있어 편안한 경지까지는 아니지만 예측 가능하고 새로울 것 없는, 속수무책으로 달아나는 세월 앞에서 지금은 무엇을 간절하게 기다리지 않는다.

작년 봄, 유방암 정기 검진을 하는데 혹이 있어 조직 검사를 했다. 결과를 기다리는 일주일간 정말이지 나는 이상할 정도로 침착했다. 남편에게도 자식들에게도 친구에게도 알리지 않았다. 물론 최악의 경우도 상상해보았다. 나의 투병 생활, 나 없이 살아갈 가족들의 삶……. 하지만 나는 솔직히 고백하건대 '아무 일도 없음'을 기도하지 않았다.

이렇게 아무렇지 않다가 허둥지둥 된통 당하는 게 아닐까, 큰코다치는 건 아닐까 생각이 들 정도로 태평했다. 'why me?'가 아니라 'why not me?', 내게도 일어날 수 있다고 생각했다. 객관적으로, 마치 3인칭 시점으로 내 인생을 보고 있는 듯했다. 그냥 지금 이만큼 산 것도 감사하다는 생각, 행복한 순간에 열차에서 내려오는 것도 나쁘지 않은 일이라는 생각까지 들었다.

노아는 도무지 비가 오지 않을 것 같은 해가 쨍쨍 내리쬐는 광야에서 하나님의 명령에 따라 무려 100년 동안 길이 135미터에 폭 23미터, 높이 17미터의 거대한 방주를 만들었다. 혈육 있는 모든 생물을 암수 한 쌍씩 방주로 모으고 먹을 식물을 저축했다. 모든 것이 완성되자 거짓말처럼 40일 동안 폭우가 쏟아져 육지가 잠기고 배만 떠올랐다.

비가 그치고 산이 머리를 드러내고 육지가 형태를 갖추자 노아는 이제 방주 문을 열고 세상에 나가도 되는지 알기 위해 비둘기를 날려 보냈다. 비둘기가 감람나무 잎사귀를 물고 돌아왔을 때 그의 기분은 어땠을까.

방주를 만들던 100년이라는 긴 세월은 목적 있는 삶이었으니 지루하지 않았을 것이다. 그러나 비가 갠 후 비둘기를 보내 땅이 말랐는지를 알아볼 7일 동안 그는 불안한 마음으로 기다렸을 터이다. 항상 '고지가 바로 저긴데' 할 때 위기가 온다.

노아는 의지와 믿음을 가지고 기다렸고 가족 누구도 뛰쳐나가지 않았다. 어쩌면 노아에게는 그 7일이 100년보다 더 길게 느껴졌을지도 모르겠다. 기다림은 끝까지 기다려야 의미 있는 것이다. 안상학 시인의 시처럼 나는 지쳐 돌아가고 연인만 돌아오면 안 될 일이다.

앞으로 내가 무엇을 기다리게 될지 모르겠다. 다만, 더 늙기 전에 노아처럼 불가능한 것을 한번 꿈꾸고 기다려볼까. 노아는 뙤약볕 아래 산 위에 방주를 지었다. 세상의 눈으로 보면 이해할 수 없는 어리석은 짓이었을 것이다. 그 기다림이 고통스러울지라도 그것이 말라버린 내 심장을 다시 뛰게 하겠지.

나의
　　산딸기 오믈렛

○

　갓난아기 집 부엌에서는 늘 새우젓과 참기름이 어울려 내는 고소한 냄새가 났다. 불린 쌀을 참기름에 볶다가 새우젓으로 간을 하는 이유식 냄새가 너무 좋아 도로 아기가 되고 싶을 정도였다. 사춘기를 보낸 그 집을 생각하면 혀에 침이 고이는 듯하다.

　별채 2층까지 방이 일곱 개인 마당 넓은 우리 집에는 서너 가구가 모여 살았는데, 아침저녁이면 집집마다 멸치를 듬뿍 넣은 김칫국 냄새와 생선을 굽는 냄새 등이 뒤섞여 입에 군침이 돌았다. 냄새만으로도 그 집 식탁에 어떤 음식이 오르는지 알 수 있었다. 어린 마음에도 막연히 학교와 일터에서 돌아와 식구끼리 얼굴을 맞대고 숟가락을 부딪치는 이런 것이 행복이구나 싶었다.

음식은 기억을 부른다. 지금도 새우젓과 참기름 향이 섞인 냄새를 맡으면 까마득히 잊고 살았던 그 시절 기억들이 넝쿨에 달려나오는 고구마처럼 이어져 나온다. 오순도순 사이가 좋았던 노모와 정육점을 하던 아들, 얼굴이 고왔던 별채 2층 언니들, 마당가 펌프 앞에서 축 처진 배를 늘어뜨리고 아, 시원하다, 외치며 등목을 하시던 하얀 몸피의 아버지, 해 질 녘 엄마가 밥 먹으라고 부르실 때까지 고무줄 놀이하던 골목길, 등하교 때 거쳐 가야 했던 재상영관의 조악했던 극장 간판, 송대관의 〈해 뜰 날〉을 잘 불렀던 식모라 불렸던 언니…….

홍차에 찍어 먹는 마들렌이 프랑스 사람들에게 기억을 환기시켜주는 매개라면 내게는 아기의 이유식이 그렇다. 나는 냄새만으로 레시피를 기억하고 전복을 넣어 한동안 손주들에게 이유식을 해주었다. 손주들도 자라서 할머니의 손맛을 기억할까.

두 동생들의 육아에 힘이 든 엄마는 방학이면 나를 한 달여 정도 시골 외갓집에 보냈다. 외할머니의 환대와 신기하고 새로운 환경에 잘 지내던 나는 보름쯤 지나면 식구들에게 잊힌 존재가 아닌지 서러운 생각에, 또 엄마가 보고 싶은 마음에 서울 쪽으로 자주 고개를 돌리고 신작로를 내다보곤 했다.

그때쯤이면 외할머니는 식탁에 신경을 쓰기 시작했다. 짭조

름한 간고등어나 손바닥만 한 조기를 밥 위에 쪄서 올리기도 했고 닭백숙을 삶아 찢어주시기도 했다. 할머니가 해주신 음식 덕에 나는 할머니가 손주들 중에 나를 제일 사랑하셨다고 턱없이 믿고 있다.

요즘 젊은이들처럼 거창한 이벤트를 기대하지는 않았지만 남편은 허름한 밥집에서 나랑 같이 살고 싶다며 프러포즈라는 걸 했다. 대학 시절 공부보다는 여행을 많이 했던 그가 이 세상에서 제일 행복한 것은 사랑하는 사람과 맛있는 것을 먹는 것이라며 자신이 다녔던 멋진 곳에서 맛있는 것을 나와 같이 먹고 싶다고 했다.

나는 먹는 것, 보이는 것 말고도 지향해야 할 가치가 많다고 생각해 그를 꿈도 야심도 없는 속물이라고 단정했다. 하지만 아이러니하게도 그것이 그와 결혼을 결정한 계기가 되었다. 대의명분에 인생을 걸다 가족의 안위에 무심했던 아버지와 다른 점에 마음이 갔던 것이다.

나이 들면서 오히려 그때 내가 겉멋이 든 속물이었다는 것을 실감한다. 인생을 사랑하는 자는 밥을 소중히 여긴다. 내 밥을 소중히 여기는 사람은 남의 밥도 귀히 여긴다. 빈자의 식탁이든 부자의 식탁이든 모든 식탁은 위대하다. 성실하고 정직한 밥벌이의 결과로 식탁에 앉는다. 따라서 밥은 무겁다. 식탁에 앉을 때는 경건하면서도 쾌활해야 한다. 혼자 두세 가지 반찬을 앞에 놓은 초라한 식탁 앞에서 나도 모르게 두 손이 모아지고 기도가 길어진다.

거대 담론에서 벗어나 소시민으로 전락(?)했지만 나는 지금 행복하다. 친구들과 만나면 무엇을 해 먹는지 정보를 나누고 기억력이 약해진 친정 엄마 대신 인터넷 요리 선생의 조리법으로 한 방에 해결한다. 요리 재료는 사계절을 넘나들며 구할 수 있고 해외여행으로 다양한 먹거리에 눈이 뜨이고 혀는 점점 민감해진다.

영원히 변치 않을 것 같은 입맛도 간사한 인간의 성정 탓에 변한다. 『발터 벤야민의 문예이론』에 나오는 이야기다. 전쟁에서 이기고 모든 것을 다 이룬 왕이 인생사가 시들해졌다. 50년 전 피난할 때 숨어 들어간 시골집에서 한 노인이 만들어주던 환상적인 산딸기 오믈렛 맛을 떠올리고 궁정 요리사에게 산딸기 오믈렛을 주문한다. 현명한 요리사는 사표를 내밀었다. 최고로 신선한 재료로 완벽하게 산딸기 오믈렛을 만들어도 그날 밤의 급박함, 허기, 그 할머니의 온정 등의 아우라는 재현해낼 수 없을 것이기 때문이었다.

식구들에게 나만의 산딸기 오믈렛을 만들어주고 싶어 지금까지 밥을 참 열심히도 해댔다. 새로울 것도 기쁠 것도 없는 요즘, 주말이면 식구들과 밥 한 끼 하는 게 요즘의 내가 신나서 하는 일이다. 맛있는 식탁으로 육체를 살찌우고 유쾌한 대화로 마음이 환해진다. 일주일 새 늘어난 손주들의 재롱을 보는 기쁨은 크나큰 덤이다.

월요일 아침 사위의 문자가 도착했다.

"어제 어머님이 해주신 음식 덕분에 이번 주도 건강하게, 힘차게 출발합니다. 감사합니다!"

어느새 입꼬리가 올라가며 머릿속으로는 벌써 이번 주말 메뉴를 생각하고 있다.

내가 그 애를 사랑하는 건
잘생겼기 때문이 아니야.
그 애가 나보다 더 나 자신이기 때문이야.
그 애의 영혼과 내 영혼이
뭘로 만들어졌는지는 모르겠지만,
어쨌거나 같은 걸로 만들어져 있어.

에밀리 브론테 『폭풍의 언덕』•

• 에밀리 브론테, 『폭풍의 언덕』, 김정아 옮김, 문학동네, 2011.

한 번 , 단 한 번 ,

단

한

사

람

당돌한 수필

나는 자칭 타칭 순한 사람이다. 도드라지기보다 휩쓸려 보이는 듯 안 보이는 듯 지낸다. 상대가 강한 말로 내 맘을 후벼파면 어떻게 대응할지 몰라 그냥 사람 좋은 애매모호한 미소만 날리지만, 속으로는 강한 펀치를 날려 상대를 녹다운시키는 상상을 한다.

부모님 말씀을 잘 듣는 착한 딸로 자라나 결혼해서는 남편과 아이들의 중재자로, 평화주의자로 살아온 수십 년간의 습관을 바꿀 수는 없어 그냥 이것이 나려니 하며 살고 있다. 그러나, 아니 그리하여, 글만은 부뚜막에 먼저 올라간 얌전한 고양이가 되어 엉덩이에 뿔이 나게 쓰고 싶다. 아사다 마오와 결전을 앞두고 스케이팅을 시작할 때 짓는 김연아의 미소를 닮은 당찬 글을 쓰고 싶다.

10.26 사태와 12.12 쿠데타와 5.18 민주화 항쟁으로 대학 4년간 참으로 격동의 학창 시절을 보냈다. 군의 언론 검열로 가위질된 신문은 하얀 공백으로 누더기가 되고, '카더라' 식의 유언비어가 난무하던 시절이었으며 나중에 그것이 사실로 드러나기도 했다. 얼룩진 신문들 속에서 행간의 뜻을 찾고자 했던 버릇 때문일까. 꼬아 보고 비틀어 보고 뒤집어 보면 새로운 사실도 보인다.

살면서 보이는 것 뒤로 오히려 진실이 존재하고, 말로 표현하지 않아도 침묵이 더 많은 것을 내포한다는 것을 알게 되었다. 그래서 눈앞에 보이는 장면 뒤를 보고 행간을 읽는 글을 쓰고 싶다.

물에 비친 자기 모습에 반해 물에 빠져 죽은 나르키소스만큼 나를 사랑한다. 허나 또 한편 내가 싫기도 하다. 이 이중성에 괴로워하다 경계에서 건져 올리는 한 편의 글은 나를 행복하게 한다. 작가는 나르시시즘에 빠진 환자이고 독자는 관음증 환자이다. 작가는 스스로 자기를 드러내 만족을 느끼고 독자는 작가를 훔쳐보고 즐거움을 느낀다. 작가가 속옷까지 벗고 수없는 장치를 해도 영악한 독자들은 어디까지 벗었는지 안다.

글은 힘이 세다. 땅으로 꺼질 것처럼 기진하고 고통스러웠던 순간을 기억하고 글로 토해내면 이상하게 그 힘들었던 과거가 사라지는 듯하다. 장애인 복지관에서 글쓰기를 함께하고 있다. 교통사고로, 낙상으로, 뇌졸중으로 중도장애인이 되어 인생에 종주먹을 들이대던 그들은 사고의 순간을 글로 쓰면서 원망에서 벗어난다. 장애를 받아들이는 과정과 재활 과정을 그리면서 돌 틈에 핀 민들레를 보고 감격하며 사람과 신과 화해하는 모습을 보면서 글의 힘을 느꼈다. 나 역시 글을 쓰며 치유받고 싶고 내 글로 사람을 웃고 울게 하고 싶다.

15년간 수필을 쓰면서도 과작寡作인 탓에 수필집 두 권을 세상에 내보냈다. 내 첫 책이『즐거운 고통』이다. 마조히스트는 아니지만 글쓰기라는 즐거운 고통을 즐긴다. 즐거움이 더 클 때는 아드레날린이 분출해 글이 잘 써질 때다. 고통이 더 클 때는 이런저런 핑계를 대고 책상에 앉는 것을 자꾸 미룬다. 요즈음 즐거움보다 고통이 조금 더 크게 느껴져 걱정이다. 적당한 균형을 맞추고 엉켜 있는 실타래를 풀어 멋진 스웨터를 짜는 이 즐거운 고통과 오래오래 함께하고 싶다.

나는 문안에서는 문밖을, 문밖에서는 문안을 그리워하고 좋은 일에 좋다고 느끼지 못하고 내려갈 때를 생각하는 못난이다. 고통도 온전히 고통이지 않고 즐거움도 온전히 내 즐거움은 아니다. 중심으로 들어가지 못하고 금 바깥, 언저리에서 서성이는 주변인이다. 나는 경계인과 아웃사이더와 주변인의 시선으로 세상을 보고 글을 쓴다. 아직도 인생을 1인칭 시점으로 살지 못하는 나는 세상과 일정 거리를 두고 3인칭 시점으로 객관적으로 본다.

어려운 곤경에 처했을 때조차 그 상황을 벗어나기 위해 애써야 하는데 나는 한 걸음 떨어져 위에서 그걸 보고 있는 나를 느낀다. 힘들 때조차 '저걸 글로 남겨야지' 하며 생각한다. 대단한 작가도 아니면서 참으로 치기 어린 모습이다. 손주 둘을 둔 할머니로서 위험한 고백이지만 자기 분열을 느낄 때 글이 잘 써진다. 나는 1인칭 같은 3인칭 시점으로, 3인칭 같은 1인칭 시점으로 글을 써야 한다는 내 나름의 결론에 이르렀다.

내 SNS 계정 아이디는 '자유롭고 쾌활하게'이다. 이것은 내 '인생의 기미'이다. 아직 자유에서 자유롭지 못하고 나의 쾌활은 용을 쓰는 억지스러운 쾌활이다. 이런 내가 때로 안쓰럽다. 나의 '자유롭고 쾌활하게'에 대해서 쓰고 싶다. 내 글을 읽고 인생의 기미를 느끼고 내가 궁금해지고 나르시시즘을 봐줄 만한 것으로 독자들이 여겨준다면 글은 성공이다.

"진지한 작가들이 대체로 돈에는 관심이 적어도 더 허영심이 많고 자기중심적이라고 생각한다"는 조지 오웰George Orwell의 말에 동의한다. 나도 죽을 수밖에 없는 인간으로서 글로 이름을 남겨 불후하고픈 허영심이 있다. 욕심을 부린다면 섬 어느 도서관에 내 책이 꽂혀 후세의 누군가 읽어주고 공감을 느낀다면 더할 나위 없이 행복할 것 같다.

지금도 나는 1,001일 동안 밤마다 왕에게 재미있고 새로운 이야기를 선사하여 하루하루 생명을 연장해 결국 왕의 사랑을 얻었다는 세헤라자데 같은 작가가 되는 당돌한 꿈을 꾼다.

자기만의 방

◯

　이상한 일이다. 철학과 음악과 문학의 나라 독일을 겨우 열이
틀간 다녀왔을 뿐인데, 문인들의 생가와 무덤과 기념관들을 주마
간산 격으로 들러봤을 뿐인데 지식에 대한 욕구로 몸부림치고 있
다. 성취해야 할 지위도, 사명도 없는 내가 횔더린의 시와 니체와
괴테를 읽고 싶어 안달하는 모습이 우습지 않은가. 사람을 만나
서 리듬이 끊기는 게 싫었고 자는 시간도 아까웠다.
　아는 만큼 보인다고 철저히 믿고 있었다. 그런데 괴테가 책
속에서 말한다. 아는 만큼 고뇌가 깊어간다고. 책을 읽으며 무릎
을 친다. 늘 내 소시민적 고민이 어쩌면 형이상학적인 철학자의

고뇌와 통할 거라는 야무진 생각을 했으니 말이다.

읽은 책 두께만큼 딸과의 대화가 편해진다거나, 세상살이가 녹록해진다거나, 인간에 대한 포용력을 가진다는 것은 언감생심 꿈도 꾸지 않는다. 그런데 왜 읽는가. 나는 이렇게 답하고 싶다. 사람을 이해하기 위해, 인생을 이해하기 위해 읽는다고.

앎에 대한 열망과 알아가는 데 대한 쾌감으로 밤늦게야 잠이 들었다. 늦은 밤 컴퓨터 자판을 정신없이 두들기기도 했다. 하루 종일 내 방에서 놀다가 글로써 가정 경제에 기여하지 못하는 나는 돈벌이를 나가야 하는 남편의 곤한 잠을 깨우지 않기 위해 조용히 옆에 눕는다. 전업 작가도 아니고 그저 잡문을 여기저기 발표하는 내가 글을 쓰다 새벽 두 시쯤 잠자리에 들라치면 그에게 미안함을 느낀다.

내가 그리는 미래의 모습은 이런 것이다. 물질적인 대가가 주어지지 않더라도, 아니 궁핍해질지라도, 일촌광음불가경一寸光陰不可輕하며 이 일을 계속하리라는 것. 남들이 보면 웃을 만큼 작은 재능에 나의 존재 이유가 있다고 믿으며 불면의 밤을 지새우며 나이 들어갈 것이라는 것 또한.

오늘은 친구들과 약속이 있지만 몸이 불편하다는 거짓말을 하고 하루 종일 집에서 책을 읽기로 했다. 커피 잔을 들고 책상과 컴퓨터가 있는 내 방으로 들어갈 때 만족감을 느낀다. 하루 종일 아무 제약도 받지 않고 책을 읽고 글을 쓸 수 있다는 사실이 행복하다. 작가는 모름지기 자기만의 방이 있어야 한다고 버지니아 울프 Virginia Woolf가 말했던가.

내게도 나만의 방이 있다. 나를 아는 사람들은 내가 밖으로 돌아다니는 걸 좋아하고 사람을 좋아하니 외향적이라고 하지만, 이렇게 하루 종일 책 읽고 생각하고 인터넷 서핑하고 음악 들으며 혼자 노는 걸 더 좋아한다는 사실을 모른다. 그러니 사람들이 '안다'고 하는 것은 얼마나 피상적인가.

결혼 전 남편에게, "나는 아무 욕심이 없다. 단지 음악이 흐르는, 책을 읽을 방만 있으면 된다"고 말한 적 있다. 그것이 얼마나 큰 욕심인지는 결혼이라는 걸 하고 세상을 살면서 뒤늦게 깨달았다. 그러나 그땐 진심으로 책과 음악만 있으면 가난하게 살아도 좋다는 생각을 했었다. 남편이 어떤 표정을 지었는지는 생각나지 않는다.

결혼 후 오랫동안 나만의 방을 갖지 못했다. 아들과 딸에게 방을 하나씩 주고 침실과 남편의 서재를 배정하고 나니 내 방을 가질 수 없어 수필가라는 어쭙잖은 명찰을 달고서도 컴퓨터가 있는 방들을 전전해야 했다.

아들이 미국으로 유학을 떠나면서 비로소 나만의 방을 갖게 되었다. 아들의 부재로 얻은 공간인 만큼 맘이 편안한 건 아니지만 인생이란 게 100퍼센트 맘대로 되는 건 없다는 걸 아는 나는 대만족이다. 한쪽 벽에는 나무로 짠 튼튼한 책장에 그동안 보았던 책을 장르별로 꽂아놓았다.

수필가로 등단한 지 5년 만에 내 책을 세상에 내보냈다. 발문을 써주신 임헌영 선생은 영광스럽게도, "저 런던 중산층 여류 작가 버지니아 울프와 서울의 중산층 여류 수필가 김미원은 여성의 글쓰기라는 자기만의 방의 동거인일 수 있다"고 평해주었다. 유산을 물려받을 숙모도 없으니 경제적인 수준은 물론, 글의 수준도 버지니아 울프와 비교할 수 없지만 나만의 고요한 방이 있으니 그녀와 동거인이 될 수 있겠다는 생각을 감히 해본다.

아파트 현관문을 열고 안으로 들어오자마자 바로 내 방이 있다. 그리고 중문을 통해야 거실로 들어갈 수 있다. 중문 밖에 있는 그 방은 완전히 독립된 공간이다. 나는 문밖에 있는 내 방이 좋다. 나는 문밖의 사람이다. 아웃사이더 기질 때문일까. 나는 소외감을 느끼지 않는다. 홀로 조용히 '사고의 낚싯줄'을 깊이 담가 문밖에서 그 안의 것들을 기록하고 싶다.

버지니아 울프는 여성에게 투표권을 부여하는 법이 통과된 1919년 어느 날 밤, 봄베이에서 낙마하여 숨진 숙모로부터 매년 500파운드가 지급되도록 상속되었다는 편지를 받게 된다. 그녀는 500파운드가 투표권보다 더 중요하다는 사실을 솔직하게 고백한다. 그녀는 돈으로 인해 자유로워졌다고 했다.

그녀는 자기만의 방이란, 물리적인 공간뿐 아니라 독립적인 정신세계를 의미한다고도 했다. 자기만의 시각, 생각, 틀을 가져야만 진정 홀로 설 수 있을 것이다.

　문밖의 방에서 비록 남아男兒는 아닐지라도 다섯 수레 이상의 책을 읽고, 몇몇 사람이라도 공감해주는 글을 쓰고 싶다. 어쩜 작가들은 사람들이 알아주기를 바라는 속물적인 존재일지 모른다. 그것이 허영일지라도 독자들의 소통과 공감을 바라는 소박한 욕망이라고 자위하면서 자기만의 방에 부끄럽지 않은 글을 쓰고 싶다.

한 번, 단 한 번,
단 한 사람

○

    일주일에 한 번씩 공부하러 가는 인문학 강좌 교수는 "위대한 작가는 대부분 여성 편력이 화려한데, 여자가 바뀔 때마다 명작이 태어나니 용서해줄 수 있다"고 농담 반 진담 반 이야기한다. 하긴 세계 3대 작가라는 위고도, 괴테도, 톨스토이도 바람둥이 면에서 우열을 가릴 수 없으니 일견 그 말이 맞는 듯도 하다. 위고는 한때 집 주위에 세 여인이 하나의 작은 원을 그리고 살기도 했고, 괴테는 73세에 18세 소녀와 사랑을 했으며, 톨스토이는 결혼 전 하녀와의 사이에 아들을 낳았고 '남자의 비극은 침실'이라고 할 정도로 많은 여성과 사랑을 나눴다.

유명 작가인 신 모 소설가는 작품의 영감을 얻기 위해서는 사랑의 감정이 있어야 한다며 한 사람과의 사랑이 영원할 순 없으니 연애 감정을 가지려 한다고 말했다. 연애가 작가에게 영감을 준다고 하지만 연애 없이도 뛰어난 작품을 쓴 작가도 많다. 유명 작가이면서도 사랑에 지조를 지킨 그들을 나는 좋아한다.

쾌활하고 유머러스한 마크 트웨인은 자유분방하고 여자도 여럿 갈아치웠을 것 같지만 평생 아내 한 명만을 사랑한 남자였다. 마크 트웨인이 죽은 후 발간된 자서전을 읽어보면 그의 아내 올리비아 랭던이 부러워지기까지 한다. 그는 아내에 대해 "소녀와 여성의 모습을 동시에 가지고 있었는데 삶의 마지막 순간까지 그랬다"고 묘사했다. 그는 16세에 빙판에서 넘어져 몸에 마비가 와서 일생 동안 한 번도 건강을 되찾을 수 없었던 병약한 아내를 끔찍이 보살폈다.

아내가 세상을 떠난 날, 마크 트웨인은 이제 세상에 아무것도 없는 극빈자가 되었다고 썼다. 그들 부부는 약혼 시절 초기부터 아내가 죽음을 맞이하기 3~4개월 전까지 30년 이상 원고를 함께 읽었다. 부부 사이가 좋으면 딸을 낳는다는 속설이 맞는 걸까? 세 딸을 두었는데 슬프게도 두 딸이 모두 그보다 먼저 세상을 떠났다.

『고도를 기다리며』의 작가 사무엘 베케트Samuel Beckett는 어떤가. 그는 전쟁 중 프랑스에서 레지스탕스 활동을 하다 만난 수잔 D.

뒤메닐과 결혼해 평생을 해로했다. 노벨문학상 수상자로 선정되었으나 시상식에 참석하지 않고 일체의 인터뷰도 하지 않을 정도로 주관이 뚜렷했던 그는 아내가 세상을 떠나자 칩거에 들어가 5개월 후 아내 곁인 파리 몽파르나스 묘지에 묻혔다.

사무엘 베케트와 같은 아일랜드 출신 작가 제임스 조이스James Joyce도 1904년 더블린의 한 호텔에서 일하던 가난한 제빵사의 딸 노라 바나클과 결혼해 평생을 함께했다. 결혼 후 조이스와 노라는 아일랜드를 떠나 취리히와 트리에스테로 옮겨 다니며 영어를 가르치면서 생계를 유지했다. 『더블린 사람들』과 『젊은 예술가의 초상』, 『율리시스』 등으로 명성을 얻고 세계적인 유명 작가가 되었지만 그는 노라를 버리지 않았다. 제임스 조이스의 손자는 "할아버지는 할머니 없이는 아무것도 할 수 없었다"고 회상한다. 노라는 제임스 조이스의 뮤즈였다. 제임스 조이스는 아일랜드에서 작품의 삭제 요구를 받기도 하고 소송 제기 위협도 받는 등 조국과 불화하며 해외로 떠돌다 59세를 일기로 스위스 취리히에서 세상을 떠났다. 그는 취리히 동물원에 붙어 있는 공동묘지에 아내와 함께 잠들어 있다.

『잠 못 이루는 밤을 위하여』를 쓴 스위스의 사상가이자 법률가인 카를 힐티Carl Hilty는 요한 게르트나와 40년을 살았으며 아내가 죽은 후 12년 동안 혼자 살다가 세상을 떠났다. 그는 "만약 내세라는 것이 있다면 나는 나의 반쪽이었던 단 한 명의 여성 이외에는 과거 지상에서 알던 그 누구와도 무조건적으로, 그리고 절실히 재회하고 싶다는 생각을 하지 않는다"라고 했다.

집필을 하며 제네바 호수 별장에서 딸들과 함께 살았던 카를 힐티의 평안한 죽음의 모습은 내가 꿈꾸는 것이다. 어느 날 아침, 그는 호수를 바라보며 딸에게 따뜻한 우유를 가져다 달라고 말했다. 딸이 우유를 가지고 왔을 때 그는 평온한 미소를 띠며 죽어 있었다고 한다. 그 옆에는 그가 방금 전까지 보던 책이 놓여 있었다.

사르트르Jean Paul Sartre가 '유럽에서 가장 날카로운 지성'이라고 평했던, 오스트리아의 사상가이자 언론인인 앙드레 고르Andre Gorz는 아내 도린과 만나 58년간 해로했다. 아내가 불치병에 걸리자 모든 활동을 접고 20여 년간 옆에서 보살폈으니 대단한 헌신과 사랑이다. 병상의 아내에게 보낸 편지를 묶은『D에게 보낸 편지』첫 문장은 "당신은 곧 여든두 살이 됩니다. 키는 예전보다 6센티미터 줄었고, 몸무게는 겨우 45킬로그램입니다. 그래도 당신은 여전히 탐스럽고 우아하고 아름답습니다. 함께 살아온 지 쉰여덟 해가 되었지만 그 어느 때보다도 더, 나는 당신을 사랑합니다"라는 사랑의 고백으로 시작한다. 책의 첫 장에는 그들 부부가 결혼하기 1년 전 찍은 사랑을 감출 수 없는 미소를 띤 풋풋한 젊은 시절의 사진이 있고, 마지막 장에는 생을 마감하기 전 남편이 아내를 옆에서 안고 서로 웃고 있는 사진이 보인다. 앙드레 고르는

"우리는 둘 다, 한 사람이 죽고 나서 혼자 남아 살아가는 일이 없기를 바랍니다"라는 편지의 마지막 문장처럼 병세가 악화된 아내와 같이 목숨을 끊었다. 동반 자살의 윤리성은 차치하고 아내 없는 세상에서 살아갈 자신이 없다고 느꼈을 앙드레 고르의 뜨거운 사랑이 아프다.

그 남자들이 평생 한 여자만 사랑했는지는 모르겠다. 보이는 것이 다가 아니고 보이는 것이 사실이 아닐 수도 있을진대 하물며 내가 직접 보지 않은 것을 어찌 단언할 수 있을까. 그러나 손바닥으로 하늘을 가릴 수 없듯 진실을 감출 수는 없을 것이다.

영국 시인 로버트 브라우닝Robert Browning은 아내 엘리자베스에게 "한 번, 단 한 번, 단 한 사람에게Once, only once and for one only"라는 시 구절을 건넸다고 한다. 평생 당신밖에 몰랐다고 고백할 수 있는 사람이 얼마나 될까. 상대에게 매력을 느끼는 호르몬의 3년밖에 안 되는 유효 기간이 지나서도 부부가 사랑을 이어가는 것은, 그리고 곁에서 서로의 죽음을 지켜본다는 것은 의지와 신뢰가 있어야 가능한 것이기에 더욱 귀하게 느껴진다.

이 글의 동기를 준 앞에 언급한 교수 역시 평론가와 소설가 부부로 문학의 동지로서 각자 집필실에서 작업하다가 문자로 "밥 먹읍시다" 하면 식탁에서 문·사·철을 토론하고 여행도 함께 다니며 주변 사람들에게 부러움을 자아내며 멋지게 살고 있다.

세상의
　　모든 아들

◯

　목사님의 설교가 끝나고 소년원에서 나온 열 명 정도의 청소년들의 특송特頌이 이어졌다. 자원봉사를 하는 전도사님이 작사했다는 직설적인 가사가 눈물샘을 자극한다.

　"왜 그랬을까. 어머니 날 품어 낳으시고 눈물로 기르시며⋯⋯."

　온전히 기억할 수 없지만 부모님의 기대와 너무도 멀리 떨어진 삶에 대한 후회를 담은 가사였다.

　노래를 부르는 그들의 눈빛이 흔들리고 있었다. 어린 나이에 세상에서 외면당한 경험을 수없이 겪은 탓인지 어딘가 불안하고 자신 없어 보인다. 한 소년은 허공을 보고 또 한 소년은 고개를 숙인 채 노래를 부르고 있다. 내 눈에서는 부끄러운 줄도 모르고 눈물이 마구 흘러내렸다.

'그래, 아들들아, 왜 그랬니? 왜 그랬어? 피멍 든 가슴을 끌어 안고 걱정으로 밤을 새웠을 어머니를 생각해보았어?'

그들이 야속했다. 아들의 존재가 그들의 부모, 특히 어머니에게 어떤 존재인지 아는 나는 마음이 아팠다. 물론 그들은 한순간의 잘못을 후회하고 있을 것이다. 할 수만 있다면 사건 이전으로 돌아가고 싶을 것이다. 그래서 이렇게 시간을 내어 참회의 마음으로 작은 공연을 하러 다닐 것이다.

아들의 작고 얇은 입술을 통해 '엄마'라는 단어가 공기를 뚫고 퍼졌을 때 세상에 나 혼자 모성을 가진 듯했고, 엄마를 보호해주겠다고 달콤한 말을 했을 때는 세상을 다 가진 양 행복했다. 아들이 '어머니'라고 힘차게 부를 때는 든든해 보이고, 부드럽게 부르면 사랑스런 연인 같다.

남편이 들으면 서운하겠지만 아들은 내 아들, 남편은 남의 아들이라는 말을 점점 실감한다. 밤늦게 아들이 들어와 "엄마, 배고파요" 하면 용수철 튕기듯 일어나 빠른 걸음으로 부엌으로 향하지만, 남편이 과일 좀 달라 하면 밤늦은 시간에 뭐 후식까지 챙겨 먹느냐며 나도 모르게 속으로 구시렁거린다.

"엄마는 밥이에유."

아버지는 하늘이라고 말한 소리꾼 장사익 씨에게 어머니는 어떤 존재냐고 물었을 때 1초도 지나지 않아 돌아온 답이었다. 어머니는 세상에 나갈 힘을 주는 일용할 양식으로 사랑을 전한다. 아들은 식성이 좋아 가리지 않고 무엇이든 잘 먹는다. 맛있게 먹는 모습을 보면 그것이 내 존재 이유인 양 입가에는 미소가 번진다.

'그래, 아들아, 이 어미가 해주는 밥을 먹고 세상에 나가 유익한 일을 하거라.'

무조건 아들 편에 서서 헌신하는 어머니는 막심 고리끼의 『어머니』에서도 등장한다. 술주정뱅이 남편에게 학대받으며 살던 평범한 노동자 아내는 남편이 죽자 공장 노동자인 아들에게 의지하며 살아간다. 그 아들은 책을 읽고 사람들을 만나면서 형형한 눈빛을 가진 혁명가가 된다. 어머니는 비로소 세상에 태어난 이유를 찾아 아들을 따르며 같은 길을 간다. 경찰이 들이닥쳐도 의연하다. 아들이 감옥에 잡혀가 있는 동안 공장 노동자에게 나눠줄 유인물을 음식물에 숨겨 전달하는 대담함을 보이기도 한다.

"이 세상 모든 어머니의 눈물은 마르지 않아! 너도 어미가 있다면 이런 것쯤은 알 거다."

어머니는 수색을 나온 헌병에게 호통을 칠 정도로 당당하다.

"어머니 말고는 아무도 나에 대한 권리가 없음을 어떻게 사람들이 이해하겠어요."

레마르크_{Erich Remarque}의 『서부 전선 이상 없다』에서 17세의 어린 나이에 전장에 나간 주인공 파울 보이머는 이렇게 말한다. 어머니는 내일이면 전쟁터로 다시 떠날 휴가 나온 아들의 머리맡에 새벽녘까지 앉아 있고 그 아들은 잠든 척하고 누워 있다. 어머니는 밤새 눈물을 흘리며 아들의 무사귀환을 위한 기도를 올렸을 것이다. 어머니의 간절한 염원을 아는 아들은 어머니만이 자신에게 권리가 있다고 말한 것이다. 세상의 어머니가 아들에게 해줄 수 있는 것은 따뜻한 밥과 간절한 기도뿐이다.

이 세상 어머니들은 눈물 많은 한평생을 산다. 따라서 이 세상 모든 아들은 불효자이다. 아들이 부르는 사모곡은 절절하다. 마른 장작 같은 어머니의 가슴과 어머니의 눈물을 이해하지 못했기에 후회로 끓는 때늦은 사모곡을 부르는 것이다. 세상과 어머니를 저울에 재면 어머니가 더 무거울 것이라 했던가. 어머니를 가슴에 새긴 아들은 때론 흔들릴 수 있지만 언젠가 옳은 길로 돌아온다.

딸은 같이 나이 들어가는 여자이다. 친구이자 동지이고 또 다른 '나'이다. 어머니가 된 딸은 어머니의 눈물과 삶을 이해한다. 그리하여 딸은 언제까지나 함께할 혈육이지만, 아들은 자신의 둥지를 가꾸기 위해 언젠가 떠날 존재이다. 아들에게는 아들의 운명이 있으니까. 한때 어머니의 아들이었던 남편에게도 당신이 어찌할 수 없던 인생이 있듯 그것을 인정해야 한다.

아들이 제 둥지를 찾아가면 먹는 약의 종류가 늘어가는 늙은 남편과 사는 내 둥지가 더 소중해질 것이고, 그리하여 같이 사는 남자에게 잘해야 한다는 걸 알고 있지만 그것 참, 어렵다.

곁에서 함께 늙어가는 남편이 반찬 그릇을 깨끗이 비울 때 흐뭇하다. 다큐멘터리 영화 〈님아, 그 강을 건너지 마오〉에 89세 할머니가 98세 할아버지 수저에 반찬을 놓아주면서 웃는 장면에서 아내가 아닌 '어머니'의 모습을 보았다.

요즘 남편은 갱년기 호르몬 탓인지 4년이나 늦게 세상에 나온 나에게 자신을 품어달라, 인정해달라 한다. 갑작스런 변화가 당황스럽지만 어머니의 직감으로 나는 사태 파악을 끝냈다. 이제 아들을 떠나보내는 대신 '남편 아들'을 보살피려고 마음먹는 중이다.

문제적 남자

○

트로이 목마를 고안한 꾀 많은 오디세우스의 아내 페넬로페는 정절의 화신이다. 페넬로페는 결혼한 지 겨우 1년이 지나 남편 오디세우스를 트로이 전쟁터에 보내야 했다. 그녀는 트로이 전쟁 10년, 전쟁이 끝나고 그리스로 돌아오기까지 모험의 기간 10년, 모두 20년 동안 남편의 소식도 모른 채 아들 하나를 키우며 수많은 구혼자들에게 시달렸다. 오디세우스가 돌아올 것이라는 희망을 품고 시아버지 수의를 마련한 후 결혼하겠다고 구혼자들을 달랬다. 그러나 그 수의는 영원히 완성되지 않았다. 낮에는 베틀을 돌리고 밤이 되면 몰래 수의를 풀었으니까.

무사히 돌아온 오디세우스는 페넬로페의 구혼자들을 혼내주기 위해 거지로 변신했다. 오디세우스가 거지로 변장한 대목에서 우리의 이야기『춘향전』의 이몽룡을 떠올리게 한다. 오매불망 남편을 기다리던 페넬로페는 오디세우스를 몰라보았지만, 개와 유모만 알아보았다는 이야기는 신화의 리얼리티와 아이러니를 나타낸다. 20년 만에 뜨겁게 재회한 그들은 동화 속 결말처럼 '그 후 행복하게 오래오래 잘 살았다'고 한다.

오디세우스와 달리 트로이 전쟁 총사령관 아가멤논 왕은 10년 만에 승전보를 울리고 고국으로 돌아왔지만 돌아온 날 밤 부인 클리타임네스트라에 의해 죽임을 당했다. 왕비는 음모를 감추기 위해 미케네 궁궐로 들어오는 입구인 두 마리의 사자가 돋을새김된 화강암으로 만들어진 '사자의 문' 앞에 빨간 카펫을 깔아 왕을 열렬히 환영했다.

그날 밤, 아내의 음모를 모르는 왕은 고향에 돌아와 평온한 마음으로 대리석 욕조에 몸을 담갔을 것이다. 아마 왕은 포로로 데려온 트로이 미녀 카산드라와의 행복한 순간을 그리고 있었을지 모르겠다. 그때 부인이 뒤에서 도끼를 휘둘렀다고 신화는 전한다. 사자의 문을 지나 궁전으로 오르는 왕의 길 옆에는 왕의 묘가 있다. 여기에서 고고학자 하인리히 슐리만Heinrich Schliemann이 그 유명한 아가멤논의 황금마스크를 발견했으니 결국 왕의 길은 왕의 묘가 되고 만 것이다.

너무도 다른 두 남자의 운명을 보며 과연 그것이 전부 아내들 탓일까 생각해본다. 페넬로페는 처음부터 남편을 끔찍이 사랑해 20년간 정절을 지켰을까. 남편이 전쟁터에 나간 사이 연인을 두고 남편까지 죽인 클리타임네스트라는 천하에 없는 타고난 요부였을까.

전쟁에서 이기고 승전가를 울린 오디세우스에게 고향으로 돌아오는 10년 동안은 고통과 유혹으로 점철된 고난의 기간이었다. 거인에 의해 동굴에 갇히기도 하고 세이렌의 요염한 노래에 유혹을 받기도 했다. 오디세우스는 페넬로페보다 아름다운 여신이 영원히 죽지 않는 몸으로 만들어주겠다는 달콤한 제안도 물리치고 아내가 있는 고향으로 돌아갔다. 오디세우스는 페넬로페의 사랑을 '받을 만한' 사람이었던 것이다.

반면 아가멤논은 어떤가. 동생 메넬라오스의 아내 헬레네를 트로이 왕자 파리스가 데리고 가자 전쟁을 일으켰고, 전쟁 나가기 전에 큰딸 이피게네이아를 용감한 아킬레우스와 결혼시켜주겠다고 속이고 제물로 바치려 했고, 전쟁에 나가서는 미인 브리세이스를 놓고 아킬레우스와 불화하기도 했다. 게다가 오디세우스의 꾀로 트로이 목마를 만들어 전쟁에서 이기고 고국 미케네로 귀환할 때, 트로이의 신들린 예언녀 카산드라를 첩으로 데리고 오기까지 했다.

클리타임네스트라는 그깟 여자 때문에 전쟁을 일으키고 사랑하는 딸을 희생시키려 했던 남편을 용서하지 못했을 것이다. 어쩌면 그녀의 남편에 대한 증오는 여기서 싹 트지 않았을까. 그리고 전쟁터에서 들려오는 남편의 여자들과의 어지러운 이야기에 복수의 마음을 품지 않았을까. 의기양양하게 트로이의 공주를 전리품인 양 데리고 돌아온 남편을 두 팔 벌려 안아줄 수 있었을까.

오디세우스의 뒷이야기는 이어지지 않는다. 그냥 이후로 행복하게 살았는데 더 무얼 바라겠는가. 그러나 부인이 남편을 죽인 이야기는 그리스 비극 작가들에 의해 확대 재생산되었다.

아가멤논과 클리타임네스트라의 딸 엘렉트라는 아버지를 죽인 어머니를 용서하지 못해 어머니를 죽일 계획을 세운다. 여기에서 카를 융Carl Gustav Jung은 딸이 아버지를 사랑하고 어머니를 경쟁자로 인식한다는 '엘렉트라 콤플렉스'라는 단어를 만들어냈다.

엘렉트라는 검사 측 최종 논고처럼 '남편이 집을 비우자마자 거울 앞에서 금발머리를 손질한, 남편이 없는데도 집 밖에서 예뻐 보이려는 아내는 나쁜 아내'라며 어머니를 정죄한다. 엘렉트라는 산후조리 중이라며 어머니 클리타임네스트라를 자신의 집으로 유인한 후 망설이는 남동생을 부추겨 어머니를 살해했지만 과연 마음이 편했을까. 남동생은 자신을 낳아준 어머니에게 불길처럼 덤벼들어 어머니를 죽인 자신을 이 세상 어디에서 받아주겠냐고 한탄하며 고국을 떠난다. 왕가의 비극적인 종말이다.

　인간의 사랑은 상대적이다. 아이들이 부모에게 순종하면 하나라도 더 주고 싶고, 뜻을 거스르면 주었던 것도 뺏고 싶은 게 평범한 인간의 마음이다. 하물며 몸을 섞은 부부간의 복잡한 마음을 어찌 단순히 재단할 수 있을까. 미움을 용서와 사랑으로 바꾸는 것은 신의 경지에서나 가능할 것이다.

　여자의 팔자는 남편에 따라 달라진다는 '뒤웅박팔자'라는 말에 동의하고 싶진 않지만, 이쯤에서 인정하고 싶기도 하다. 극단적이긴 하지만 두 여인도 남편에 의해 운명이 달라졌으니까. 문제적 여자는 세상의 주도권을 가진 문제적 남자가 만든다.

　그런데 지아비를 잔인하게 죽이고 그 결과 자식들까지 불행하게 만든 클리타임네스트라는 아무리 좋게 봐주려 해도 무서운 여자임에 틀림없는 것 같다.

말을 잘하는 것

◯

내려다보이는 절벽이 아찔했지만 등을 대고 누워 머리를 아래로 떨어뜨리고 벽에 가볍게 입을 맞추었다. 그러는 동안 50대 중반으로 보이는 마음 좋아 보이는 남자는 내 팔을 잡아주었다. 아일랜드 동남쪽 코크에 있는 15세기에 지어진 고색창연한 블라니 캐슬에서의 일이다.

이곳에 키스를 하면 말을 잘하게 된다는 전설을 꼭 믿었던 건 아니지만, 나는 정말 말을 잘하고 싶었다. 그런데 '말을 잘하는 것'이 어떤 것인지는 잘 모르겠다. 사막에서 난로를 팔듯 안 되는 것도 되게 만드는 설득력일까? 아니면 애간장을 녹이는 연인의 마음을 단번에 사로잡는 달콤한 사랑의 밀어 같은 것일까?

　나는 수사만 현란하고 알맹이 없는 말을 싫어할 뿐 아니라 그렇게 말하는 사람도 싫다. 그런 사람과 대화할 때는 곤혹스러움을 느끼고 표정 관리가 힘들어진다. 내가 생각하는 말을 잘하는 것은 다변도, 달변도 아니다. 넘치지도 모자라지도 않게, 진정성이 상대방의 마음에 가닿는 것이다. 말에 가시가 있어 상대방의 마음을 불편하게 하는 것이 아니라 마음을 따뜻하게 만드는 것이다.

　말을 잘하는 것은 오해를 남기지 않게 하는 것이다. 에둘러 말해 그 말의 진심이 무엇인지 전전긍긍 고심하게 만드는 고약한 것이 아니라, 눈치 없는 나 같은 사람도 이해할 수 있는 단도직입이 좋다. 그리하여 그 말만으로도 말갛게 속이 들여다보이는 사람이 좋다.

　짧은 말일지라도 기승전결이 담겨 있으면 좋겠다. 적재적소에 문학적 수사나 비유가 들어가 어느새 그의 말에 빨려 들어갈 수 있으면 더 좋겠다. 말을 잘하는 사람은 절대 흥분하지 않는다. 자신에게 똑 맞는 목소리 크기와 말의 속도로 할 말을 다 전달하는 사람이 진짜 말 잘하는 사람이다. 수업 종이 울린 줄도 모르고 떠드는 학생들을 제압하는 것은 같이 소리를 지르는 선생님이 아니라 아무 말 없이 조용히 서 있는 선생님이다.

　소설가 김연수 씨와 인터뷰를 한 적이 있다. 인터뷰할 때 녹음을 해놓고 기사를 받아쓰며 정리를 하는데, 유독 그와의 인터뷰는 말로 쭈욱 이어지지 않고 사이사이 침묵이 흐르고 있었다. 그것은 어색하고 불편한 침묵이 아니었다. 심지어 침묵 속에서 그가 이야기하는 게 느껴졌다. 제스처도 보이는 듯했다. "인생이란 이야기가 아니라 그 이야기 사이의 공백에 있는 게 아닐까"라고 그가 소설 속에서 이야기한 것처럼 목소리 사이에서 웃음소리, 기침이나 한숨소리, 침 삼키는 소리를 들었다. 침묵 속에서도 나는 그를 이해하고 그와 소통했다.

내면 깊숙이 할 말은 많아도 끝내 하지 못하는 말이 있다. 생전에 박완서 선생 강의 자리에 간 적이 있는데, 대문장가인 선생이 고작 100여 명 대중 앞에서 어눌할 정도로 말을 잘하지 못했다. 사이사이 말이 끊어지면 선생은 얼굴에 주름을 가득 만들며 사람 좋은 미소를 지었다.

나는 그게 참 좋았다. 진심이 닿았다. 글에 대한 열정과 아들 잃은 참척의 슬픔을 읽을 수 있었다. 그 후 선생의 글을 읽으며 대중 앞에서 수줍어하던 표정을 떠올리며 나도 말은 못해도 글을 잘 쓰고 싶었다. 말로 아무리 표현해도 내 뜻이 전달되지 못할 때는 막막함을 느끼지만 실망하지 않는다. 표정과 몸짓만으로도 말 이상의 것을 전달할 수 있으니까. 우리들의 침묵도, 몸짓도 모두 텍스트이다.

요즘 종편 토론 프로그램을 보다 보면 이내 귀가 피로해진다. 패널들은 정말 말을 잘한다. 상대방 말이 끊어지기 무섭게 0.5초 사이에 치고 들어가 말을 쏟아낸다. 채널을 돌려도 앞에 등장한 인물이 언제 녹화를 했는지 또 열변을 토하고 있다. 차라리 침묵이 그립다. 달라이 라마는 최고의 설법가는 말을 안 하는 사람이라고 했고, 셰익스피어는 "귀는 모두에게, 입은 소수에게만 열라"고 말했다. 하지 않아도 될 말을 참지 못하고 입 밖으로 내 설화舌禍를 겪는 일이 얼마나 많은가.

초등학교 졸업식 때 답사를 읽었다는 이유 하나로 엄마는 나를 웅변 학원에 보냈다. 양팔을 한쪽씩 차례로 천천히 들어올리며 "이 연사, 이렇게 외칩니다"라고 외치는 획일적인 제스처와 말투가 우스웠지만 '웅변가'를 꿈꾸는 사람들은 모두들 그렇게 했다. 웅변대회에 나가 말석이긴 해도 상에 이름을 올린 적도 있지만, 식상해서 대여섯 달 다니고 그만두었다. 하지만 눈을 보고 말을 하는 것, 우물우물 입속에서 웅얼거리지 않고 분명한 발음으로 또박또박 말하는 것을 그때 배웠다.

때론 내가 정말 말을 잘하는구나 착각할 때도 있다. 며칠 전, 남편이 농담처럼 나에게 "당신 어떻게 말을 그렇게 잘하지?"라고 물었다.

"나는 말을 잘하는 게 아니야. 말은 생각이야. 생각이 말이 되어 나오는 거라구."

분명한 것은 생각이 말이 되어 나온다. 그래서 말은 곧 사람이다.

　엄마는 말없는 내가 답답했던지, 여우랑 살아도 곰이랑은 못 산다고, 네 뱃속에 무슨 생각이 있는지 어떻게 아느냐고, 말로 표현 좀 하라는 말을 자주 하셨다. 하지만 세월 탓인가, 태생이 곰이었던 나는 나이 들수록 점점 영악한 여우가 되어간다.

　"어제 꿈을 잘 꿨나 봐요. 이런 미인한테 술을 받다니……."

　"아니요. 제가 꿈을 잘 꾼 것 같은데요."

　생각보다 말이 앞서 나왔다. 뒤에 말은 하지 않는 게 좋을 걸 그랬다. 얼굴이 화끈거렸다. 시인 박노해는 "말의 뿌리에 흙이 묻어 있지 않은 말, 말의 잎새에 눈물이 맺혀 있지 않은 말을 경계하라"고 했건만 요즘 들어 말의 뿌리에 흙이 묻어 있지 않은 말을 자꾸 한다.

　말을 잘하는 것은 정말 어렵다.

함께 나이 드는
여자에게

◯

내가 그 애를 사랑하는 건 잘생겼기 때문이 아니야. 그 애가 나보

다 더 나 자신이기 때문이야. 그 애의 영혼과 내 영혼이 뭘로 만들어

졌는지는 모르겠지만, 어쨌거나 같은 걸로 만들어져 있어.

에밀리 브론테 『폭풍의 언덕』

우연히 영화 〈대학살의 신〉을 보았어. 제목은 캄보디아의 킬
링필드나 폴란드의 아우슈비츠를 연상시켰지만, 내가 좋아하는
조디 포스터와 케이트 윈슬렛이 나온다는 광고에 끌려 보게 되었
지. 11세 사내아이들의 싸움에 교양 있고 지성적인 두 부모들이

만나면서 영화는 시작돼. 중요한 것은 가해자 부모의 사과가 먼저 있었던 게 아니라 피해자 부모가 먼저 마음을 열었다는 거지.

아이들은 싸우면서 자라는 거라며 피해자 부모가 우아하게 용서하고 가해자 부모는 간곡하게 사과를 하면서 잘 해결될 것 같았는데, 현관 앞에서 말꼬리를 잡고 서로 자존심을 건드리면서 다시 원점으로 돌아가지. 급기야 같은 편 배우자끼리도 쌓였던 감정이 폭발해 남의 집에서 물건을 던지고 육탄전까지 벌이지. 레시피를 물어보며 맛있게 먹던 빵까지 토해내고 영화 원래 제목대로 '아수라장'이 되지.

웃어넘길 수 있는 이 영화를 불편하게 느낀 건 과거 어떤 장면이 떠올라서였어. 네가 초등학교 4학년 땐가 친구에게 놀림을 받고 속상해할 때, 나는 친구들이 널 좋아해서 그러는 거라며 대수롭지 않게 넘겼다지. 너는 엄마가 당연히 그 아이를 찾아가 혼내줄 줄 알았다고 했지. 이 서운함을 다 큰 대학생이 되어 울면서 토해냈어. 엄마는 네 이야기를 듣지 않는 사람이라고 머리에 입력시키고 인생은 네 스스로 책임져야겠다고 생각했다지. 덕분에 씩씩하게 자랐다고.

이 말을 듣는 순간 나로 인하여 이 세상에 있게 된 네가 기특하다기보다는 자라면서 혼자서 삭였을 고통이 떠올라 가슴이 먹먹해졌어. 네 앞에서 아무렇지 않은 척하느라 눈물을 꾹 참았지.

지금 생각하면 그때라도 널 와락 끌어안고 사과하며 소리 내어 울었어야 했지.

또 하나 마음 아팠던 건 피해자 엄마인 조디 포스터 때문이었어. 인권 전문 자유기고가인 그녀만큼 대단한 사회적 성취를 이룬 건 없지만, 그녀의 모습과 내가 겹쳐졌어. 세계 곳곳의 짓밟힌 인권에 마음 아파하던 그녀가 아이들 싸움에 먼저 관용을 베푼 것은 정말 아무 일도 아니었을 거야. 근데 점점 묘하게 감정을 건드리는 상대방 부부의 행동에 폭발하고 말지. 결국 그녀의 인내의 한계는 거기까지였던 거지. 2퍼센트 다르다 한들 그녀 역시 다른 엄마와 다름없었지.

옆에 허기진 사람이 있는데 내 입에 달콤한 것만 들어가는 것이 전부가 아니라는 생각으로 나 역시 한때 시민단체에 몸담았지. 너희가 누굴 꼭 이기길 바라지 않았어. 그래서 나는 너희들에게 맹목盲目의 사랑을 퍼붓지도 않았어. 맹목은 모두를 함정에 빠뜨리니까. 어떤 이는 이런 나에게 조롱조로 "휴머니스트구먼"이라고 말하기도 했지.

영화를 보며 조디 포스터처럼 애들 싸움에 잘못 끼어들다간 스타일 구길까 봐, 아니면 어른 싸움에서 이길 자신이 없었던 건 아니었을까, 비겁했던 건 아닌지, 위선자가 아니었는지 반성했어. 너는 상처받는데, 그리고 그 사실을 지금까지 생생하게 기억하는데 딸의 마음도 헤아리지 못했던 것을 자책했어.

영화는 공원에서 아무렇지 않은 듯 다시 웃으며 노는 어린이들을 줌 아웃시키면서 끝이 나지. 공연히 어른들만 바닥을 보인 게지.

엄마가 돼본 적이 없는 엄마들은 첫아이를 잘 키우고 있는지, 내 방법이 옳은 건지, '엄마 노릇'을 잘하고 있는지 애면글면하지. 언젠가 열흘간의 패키지 여행 기간 동안 일행 중에 마음이 여려 양보만 하고 뒤처지는 엄마를 중학생 아들이 챙겨주는 것을 보았어. 그 아들은 무엇을 느꼈을까. 엄마 대신 강해져야 한다고 마음먹었을까. 천사 같은 그녀가 〈써니〉라는 영화에서 맞고 온 딸 대신 엄마가 친구들까지 동원해 응징하는 장면을 보고 울었대. 글쎄 그 코믹한 난센스 같은 장면에 말이야. 그녀도 자신의 엉거주춤 착한 모습이 싫었던 걸까.

시집가면 고생할 테니 자기 밑에 있는 동안 딸을 공주처럼 키운다는 친구가 있었어. 나는 아이는 내가 없는 곳에서 더 잘 자란다고 믿어 거꾸로 생각했지. 야생으로 자라야 세상을 헤쳐 나갈 힘이 생길 거라고 말이야. 비가 억수로 쏟아지지 않는 한 학교 앞으로 우산을 들고 가지도 않았고 부끄럽게 엉거주춤 내미는 촌지가 부당하다 생각해 치맛바람을 일으키지도 않았어.

예민하고 욕구가 강한 너와 참 많이 부딪쳤지. 무딘 나 때문에 "세상 모든 수박을 다 먹어도 여덟 살 때 내가 그토록 먹고 싶었으나 못 먹은 수박을 잊을 수는 없다"는 로맹 가리Romain Gary의 말처럼 너는 얼마나 많은 결핍을 느끼며 살았을까.

주변 사람들은 겨우 18개월밖에 차이 나지 않는 어린 두 아이들을 씩씩하게 잘 키우는 네가 참 대단하다고 말해. 예민해 상처를 많이 받았을 너는 아이들에게는 그 아픔을 주지 않으려고 주안이와 수아의 욕구에 귀를 기울이고 온 신경을 쓰지. 너는 사라지고 없는 것 같더라. 나는 또 그게 마음이 아프네.

지금 나는 변했어. 두 아이를 낳고 일가를 이뤄 어른이 된 네게 나는 관대하지. 네가 도움을 청하면, 아니 그러기 전에 힘닿는 한 도와주려고 해. 같이 나이 들어가는 사람으로 시간만 나면 너에게 달려가 좋은 추억 쌓으며 친구처럼 살고 싶어.

네가 산통이 와서 주안이 낳으러 병원 가던 날 밤 생각나니? 너는 차에서 기다리고 약간 당황하고 흥분한 듯 보이는 윤 서방만 올라왔더라. 한걸음에 내려갔지. 두려움으로 웅크린 네가 뒷좌석에 작은 새처럼 앉아 있더구나. 옆에는 아기 배냇저고리 등을 넣은 가방이 놓여 있었고. 잘하고 오라고, 아기 낳으면 새벽에라도 전화하라고, 힘겹게 내뱉고 눈물을 왈칵 쏟았지. 너는 왜 병원으로 곧장 가지 않고 내게 들렀을까.

며칠 전, 몸과 마음이 무겁게 가라앉은 차에 짧게 커트한 머리가 맘에 안 들어 너에게 푸념을 했더니,

"엄마, 머리는 조금 있으면 자라."

마음이 순간 화르르 환해지더라. 그렇지, 모든 것은 조금만 기다리면 되는 거지. 이제 함께 나이 드는 여자, 너에게 어깨를 기대는 순간이 많아질 것 같다.

'그녀'를 찾는
아들에게

○

　훈김이 도는 따뜻한 밥과 입에 침이 고이는 반찬을 대하면 제일 먼저 생각나는 내 사랑하는 아들아,

　직장 생활을 하며 긴장과 힘든 일정으로 지친 듯 짜증을 내기도 하고 이제 밥벌이를 하는 사내의 자존심을 설핏설핏 보이는 너를 보며 떠나보내야 할 때가 왔다는 것을 느끼고 있다. 부모와 산 세월보다 짝과 살 세월이 한참이나 길기에 앞으로 네 운명은 '그녀'에게 달려 있다고 해도 과언이 아니지. 출근하는 등 뒤로 너를 위해 해줄 것이 없어 그저 기도만 보태는 엄마가 하는 말을 잘 들어보렴.

아들아,

표정과 몸짓만으로 네 기분을 파악하고 늘 앞서 챙겨주는 엄마 같은 그녀를 애당초 기대하지 마라. 엄마는 자식을 위해 헌신할 수 있지만 그녀는 그럴 수 없단다. 아버지가 서운해도 할 수 없지만 엄마의 경험으로 그렇다는 거다. 다만 인간에 대한 기본적인 연민과 사랑을 가진 여자면 좋겠구나. 그런 여자라면 한 둥지에서 살아가는 남편을 존중해줄 터이니까.

이 땅에서 여자로 사는 것은 고단한 일이란다. 빨래를 널고 끼니때마다 부엌에 들어가고 가구의 먼지를 털어내는 일은 고단함을 넘어 지루하기까지 하단다. 자식을 낳아 양육하고 교육시키며 세상 바람에 맞서 추처럼 집을 굳건히 지킨 여자들 덕에 가정이라는 왕국의 평안이 지켜질 수 있단다. 남자인 너는 남자가 세상을, 가정을 이끌어간다고 생각할 수 있지만 가정의 안식을 보이지 않게 떠받치고 있는 것은 남자가 아니라 여자란다.

아들아,

남자는 자기가 사는 세상밖에 모르지만 여자는 아이를 낳아 기르며 한 세상을 다시 살며 우주를 품는단다. 남자가 아이를 위한 양육 수단을 벌어오느라 투쟁하는 사이 여자는 아이를 키우며 새로운 세상을 경험하지. 남자들은 모르는 충일한 세계란다.

남자는 머리고 여자는 목이라는 이야기가 있다. 그런데 머리는 목이 움직여야 비로소 돌아가지 않겠니? 천하에 용맹한 이아

손도 황금양털을 찾으러 콜키스에 갔다가 자신에게 반한 그곳 공주 메데이아가 시키는 대로 해서 황금양털을 찾았다. 효녀 안티고네는 눈도 안 보이는 아버지 오이디푸스를 도와 고생스런 유랑의 길에 함께 올랐다. 또한 왕이 된 삼촌 크레온이 오빠를 매장하지 못하게 포고령을 내렸지만 안티고네는 사형에 처해지는 것도 두려워하지 않고 시체를 거두었지.

예수님이 십자가에 달리실 때도 남자 제자들은 다 도망갔으나 막달라 마리아만은 곁을 지켰고, 무덤에 갇힌 예수님에게 향유를 가지고 먼저 달려간 것도 여자들이었다. 예수님이 부활 후 11제자보다 막달라 마리아에게 먼저 나타났으니, 부활의 첫 증인이 된 것도 여자였지.

아들아, 지금쯤 네 마음이 불편할 수 있겠다. '우리 엄마 무서운 여자일세' 할지도 모르겠다. 여자와 결혼에 대한 환상을 엄마가 깼다고 불평할지도 모르겠다. 하지만 엄마는 결혼에 대한 환상이 클수록 네가 치러야 할 이자는 늘어날 터라 여자의 비밀과 인생의 지혜를 이야기하고 있단다.

버지니아 울프는 『자기만의 방』에서 "여성은 지금까지 수세기 동안 남성의 모습을 실제 크기의 두 배로 확대 반사하는 유쾌한 마력을 지닌 거울 노릇을 해왔습니다"라고 썼고, D. H 로렌스 David Herbert Lawrence는 "여자가 언제까지나 남자의 종노릇을 하지는 않을 것"이라고 예견했다.

아들아, 엄마 역시 신혼 시절, 아빠의 모습을 확대해 뭐든지 다 해줄 것 같은 환상을 품었다. 어리석게도 아빠가 내 환상에 맞춰 사느라 속으로 전전긍긍했던 걸 그때는 몰랐단다. 그 모습이 허상이었음을 아는 나는 지금도 아빠가 잠들면 세상을 잠재울 만큼 아빠를 머리로 모시고 산단다. 달라진 게 있다면 내가 목임을 자각했다는 것일까.

내 글의 의도를 오독하는 남자는 별로 매력적이지 않다. 나는 네가 마음이 넓은 남자이길 바란다. 모든 인간에게는 남성적인 힘과 여성적인 힘이 내재하고 있단다. 위대한 마음은 양성적이라고 콜리지가 얘기했던가.

아들아,

요즘 여자들은 남자의 모습을 두 배로 확대해볼 정도로 어리석지도 않고 남자의 종노릇을 할 정도로 무력하지도 않단다. 너도 잘 알다시피……. 나는 단지 너의 진심과 허세를 분별하고 약한 모습은 눈감아줄 줄 아는 현명한 목을 가진 그녀를 데려오기를 바랄 뿐이다. 그리고 그녀가 여자여서 행복하다고 말했으면 좋겠다. 물론 내 아들, 너도 행복하고.

아들아,

같은 곳을 바라보고 힘들 때는 노를 대신 저어주고 서로 의지해가며 사소한 것에도 감사할 줄 아는 네 짝을 밝은 눈으로 찾길 온 맘 다해 기도한다.

아버지와 딸

○

"나는 커서 아빠랑 결혼할 거야. 아빠, 내가 클 때까지 기다려 줄 거지?"

이미 엄마랑 결혼해서 다시 결혼할 수 없다는 아빠의 말에 다섯 살 난 귀여운 여자아이의 얼굴이 시무룩해진다. 새초롬해진 아이를 바라보는 '딸 바보 아빠'의 입에는 흐뭇한 미소가 흐른다. 아빠는 이 순간 딸이 너무 예뻐 심장이 녹아내려 모든 것을 바쳐서라도 저 딸을 멋진 여자로 만들고야 말겠다는 다짐을 하고 있을지 모른다.

주변에서 흔히 마주치는 모습이지만 그 모습을 바라보며 나도 모르게 입가가 벌어진다. 그런데 다음 순간 마음속의 악마, 아버지를 배신하는 딸들의 이야기가 떠올라 내 미소는 사라져버린다.

발자크Honore de Balzac의『고리오 영감』은 아버지가 지성스럽게 키운 딸들에게 버림받는 이야기이다. 제면업으로 많은 돈을 번 상인 고리오는 두 딸을 귀족 가문에 시집보내느라 전 재산을 탕진하고 불도 피우지 못한 싸구려 하숙집 방에서 죽는다. 딸들이 기뻐하기 때문에 산다는 그였지만, 사실은 딸들이 장사꾼 아버지를 부끄러워한다는 것을 알게 되었다. 그래서 일도 접고 스스로 딸들에게서 떠난다.

자기가 아프면 뛰어올 거라 믿었던 딸들은 그가 빈털터리가 되자 임종도 지키지 않는다. 죽는 순간 모든 것을 깨달은 아버지는, "내가 재산을 거머쥐고 있었다면 딸들은 남편들과 아이들과 함께 울고 있을지도 모르지. 나는 모든 것을 가질 수 있었을 텐데. 그런데 지금은 아무것도 없군. 돈은 모든 것을 다 준단 말이야, 심지어 내 딸까지도"라고 가슴 아프게 절규한다.

그는 딸들한테만 바보였다. "인내심이 강하고, 정력적이고 일관성이 있고 사업에 기민한 독수리 같은 날카로운 눈으로 모든 것을 앞질렀고 모든 것을 예견했으며 모든 것을 파악했고 모든 것을 은폐했던" 사람이었지만 딸들의 진심은 보지 못한 바보였던 것이다.

리어왕은 감언이설로 사랑을 표현한 두 딸들에게 나라를 나뉘주고 결국 배신당한 후 뒤늦게 후회한다. 아버지에 대한 사랑을 묻자, "자식으로서의 의무로 사랑하고 존경하는 것뿐"이라고 답한 막내딸 코델리아의 속 깊은 마음을 리어왕은 읽지 못했다. 그 역시 뒤늦게 "아비가 누더기를 걸치고 있으면 자식들은 모른 척하지만, 아비가 돈주머니를 차고 있으면 자식들은 모두가 효자"라는 말을 남긴다. 리어왕 역시 불행한 죽음을 맞이하지만 그래도 진심으로 아버지를 사랑한 막내딸이 있어 고리오 영감보다 처지가 나았을까.

그리스 신화에도 아버지를 배신한 딸들의 이야기가 많다. 그런데 그들의 종말은 한결같이 불행하다. 크레타섬 미노스왕의 딸 아리아드네는 아테네의 왕자 테세우스에게 괴물 미노타우로스가 사는, 한번 들어가면 나오지 못하는 미궁에서 살아나올 수 있도록 칼과 실 한 타래를 준다. 실을 풀면서 미궁으로 들어가 미노타우로스를 죽이고 실을 따라 나온 테세우스는 아리아드네가 잠든 사이 혼자만 섬을 빠져나갔다. 사랑 때문에 아버지를 배신해본 적이 없는 나는 이 부분에 이르러 통쾌함을 느꼈다.

세상의 최고 악녀 메데이아 역시 아버지를 배신했다. 메데이아는 황금양털을 구하기 위해 콜키스에 온 이아손에게 반해 아버지를 배신하고 연인 이아손을 도와준다. 황금양털을 들고 코린토스로 도망갈 때 뒤쫓아 오는 배를 따돌리려고 남동생의 시신을 토막 내 바다에 버리기도 했다. 그러나 메데이아는 '둘이 영원히 행복하게 살았다'는 공식을 따르지 못하고 이아손이 코린토스 공주 글라우케와 결혼함으로써 배신을 당한다. 이국땅에서 버림을 받고서야 아버지를 버리고 동생까지 죽인 것을 후회한다. 사랑이 깊은 만큼 절망도, 증오도 컸던 걸까. 한 번 배신한 사람은 두 번째 배신도 쉬운 것일까. 복수에 눈이 먼 메데이아는 글라우케도 죽이고 남편이 보는 앞에서 자신을 향해 미소 짓는 아들 둘을 죽이는 악행을 저지른다.

세상에 아버지를 배신한 딸만 있다면 아버지란 존재가 얼마나 불쌍할까. 다행히 안티고네 같은 인물이 있어 위안이 된다. 테베의 왕 오이디푸스는 아버지를 죽이고 어머니와 결혼할 것이라는 신탁을 피하고자 코린토스로 보내졌지만, 늘 그렇듯이 불행한 예언은 이루어졌다. 죄책감으로 자신의 눈을 빼고 왕의 자리를 떠나 고생스런 유랑의 길을 떠날 때 그와 동행한 사람이 바로 딸 안티고네이다.

아버지가 죽은 후 왕이 된 삼촌 크레온은 자신에게 대항하다 죽임을 당한 남동생의 시신을 들판에 방치한다. 묻어주면 사형을 면치 못할 것이라는 지엄한 왕의 명령에 모두 침묵했지만 안티고네는 동생의 장례를 치러준다. 여기서 안티고네의 위대함이 나온다. 헤겔은 "안티고네는 지상에 나타난 인물 중 가장 고결한 인물"이라 극찬했고, 버지니아 울프는 "안티고네는 법을 어기는 것이 아니라, 법을 발견하기를 원했다"고 말했다. 신의 법을 인간의 법보다 우위에 두었던 안티고네는 열 아들 부럽지 않은, 세상 모든 딸들의 자랑이다.

서양보다 우리나라의 딸들이 효녀 유전자를 더 많이 갖고 있는 듯하다. 심청은 자신의 처지를 생각하지 않고 공양미 300석을 약속한 아버지의 눈을 뜨게 하기 위해 자신의 몸을 제물로 바쳤다. 권선징악의 교훈답게 연꽃으로 피어난 심청은 왕비가 되어 아버지를 만나고, 아버지는 눈을 뜬다는 해피엔딩이지만 심청이 때문에 이 땅의 많은 딸들은 죄책감을 느낀다.

아버지는 딸에게 최초의 남자이다. 그 모델이 어떻게 하느냐에 따라 배우자를 택할 때 아버지를 닮은 남자를 고를 수도, 정반대의 남자를 고를 수도 있다. 딸의 인생이 달라질 수 있다는 이야기이다. 주변에 부모가 심한 병에 걸리거나 연로해 의사결정 능력이 없을 때 아들이나 며느리 대신 딸이 중요한 문제를 결정하는 것을 많이 본다. 앞으로 우리의 미래는 자식, 아니 딸에 의해 결정될 것이다.

아버지와 딸의 바람직한 관계는 고리오 영감의 마지막 말에 정답이 있다.

"내가 딸애들을 지나치게 사랑했기 때문에 그 애들은 나를 사랑하지 못했어."

다정도 병이다.

깃털처럼
　　가벼운

○

　이집트를 여행하노라면 오시리스의 깃털 그림을 많이 보게
된다. 파라오 무덤 속 벽화에도, 여의도 면적만큼 거대한 카르나
크 신전과 룩소르 신전의 벽화에도, 미이라 관 덮개에도 천칭天秤
저울에 놓인 죽은 자의 심장과 깃털 그림이 있다. 고대 이집트인
들은 영혼이 깃든 심장이 깃털보다 무거우면 괴물이 심장을 먹
어 치우고, 깃털보다 가벼우면 오시리스 신이 다스리는 저승으
로 들어가 영원히 살게 된다고 믿었다. 심장과 깃털의 무게를 다
는 것은 영혼의 선악을 판단하는 심판 절차다.
　깃털이 추라니……. 소름끼치는 이야기이다. 얼마나 정결하

게 살아야 나의 죄가 깃털보다 가벼울까. 내 죄는 너무 무거워 깃털이 아니라 쇳덩이를 올려놓아야 심장의 무게와 같지 않을까.

빈민의 어머니로 살았던 테레사 수녀는 "주께서 제 안에 계시다고 들었습니다. 하지만 어둠, 냉담, 공허의 현실이 너무도 커 제 영혼에는 아무것도 느껴지지 않습니다"라고 고백했다. 확고한 믿음으로 살았을 거라 믿었던 그녀에게도 신의 존재에 대한 회의와 번뇌와 갈등이 있었다니 충격적이다. 그러나 한편으로 그녀가 친근하게 다가온다. 그래, 우린 피와 살을 가진 인간이니까. 인간이 영혼으로만 이루어져 있다면 오시리스의 깃털 저울 따위는 걱정하지 않아도 되었으리라.

테레사 수녀는 자기 잣대가 너무 높았던 거다. 그래서 갈등도, 고통도, 채찍질도 더 크고 아팠을 터이다. 신의 존재에 대해 회의했지만 그녀는 끝까지 캘커타에서 빈민의 어머니로 살다 가지 않았던가. 그녀의 쭈굴쭈굴한 얼굴, 굵은 손마디가 오버랩된다.

나는 때로 인간은 관성에 의해 살아간다는 생각을 한다. 현재의 내 모습이 관성이 되어 미래의 내가 되는 것이다. 어떡하든 사람의 눈에 그려진 내 모습 그대로 앞으로 나아갈 수밖에 없을 것이다. 남들이 나를 그렇게 봐주면 그것이 내 모습이라고 여기며. 그렇게 사는 게 인생이 아닐까. 그러다 문득 정신이 들어 이게 내 모습이 아니라는 불안감이 들어도 돌아가기에는 너무 멀리 와버렸을지 모를 일이다.

사춘기를 앓던 시절, 나는 내 모습이 부끄러웠다. 아니, 나라는 인간 자체가 부끄러웠다. 거울로 보이는 내 모습뿐 아니라 쇼윈도에 비치는 내 모습조차도 부끄러웠다. 내 생각과 생활이 고스란히 나타난 내 몸이 부끄러웠다. 나는 흠 없는, 이슬 같은, 코스모스 같은 존재이고 싶었는데……. 동물의 욕망을 가진 나는 맑고 투명한 영혼을 가질 수 없음에 좌절했다.

거기서 나는 지금 얼마나 멀리 벗어나 있는가. 그때에 비하면 내 영혼은 덕지덕지 기운 누더기를 걸쳤다. 사춘기 시절 내 부끄러움은 이 세상에 존재하는 것조차 죄라는 인간의 원죄의식 때문이 아니었을까. 그러나 그것이 내 삶을 가둘 수는 없다.

영혼에도 무게가 있을까. 영화 〈스모크〉에는 담배 연기의 무게를 재는 방법이 나온다. 먼저 안 피운 담배를 저울에 재고, 피우고 난 꽁초와 재를 저울에 달아 처음에 재놓은 담배 무게에서 뺀다. 어쩌면 이런 식으로 영혼의 무게도 잴 수 있지 않을까.

실제로 영혼의 질량을 측정함으로써 영혼의 존재를 입증하려는 실험이 이루어진 적이 있었다. 정신물리학을 연구하고 제1차 세계대전 중에 전쟁 신경증 환자를 치료한 맥두걸 박사는 자신의 실험에 동의한 죽어가는 환자들을 저울 위에 눕혀놓고 임종의 순간에 얼마만큼의 질량이 감소되는가를 측정했다. 그 결과 20~30그램 정도의 질량이 감소되었다고 한다. 한때 마돈나의 남편이었던 숀 팬의 연기가 압권이었던 영화 〈21그램〉에서는 영혼의 무게가 21그램이라 했다.

심장의 무게는 남성이 280~340그램이고 여성이 230~280그램이라고 하는데 대체 어쩌자고 이집트인은 오시리스 깃털을 추로 달았을까. 우리 인간은 아무도 정결하지 않다는 역설이 아닐까. 그리하여 인간은 아무도 남을 정죄할 수 없다는 뜻이 아니었을까. 성경에는 심판에 대해 참으로 무서운 말이 있다.

"너희가 심판하는 그 심판으로 심판을 받을 것이며 너희가 저울질하는 그 저울질로 너희가 저울질 당할 것이다."

내 영혼이 진정 맑고 투명하다면 모든 일에 거칠 것이 없을 것이다. 아, 진정 그리할 수 있다면, 그 순간만은, 그렇다, 그 순간만은 내 심장의 무게가 깃털만큼 가벼울 수도 있지 않을까.

파이 나누기

○

　빨간 티셔츠에 파란 반바지를 입은 어린 남자아이가 터키 해변에 엎드린 채 누워 있다. 미동조차 없는 몸은 바닷물이 들어올 때마다 가벼이 들썩거린다.

　아일란 쿠르디라는 이름을 가진 이 세 살배기 아이는 부모와 함께 내전을 피해 시리아에서 작은 고무배를 타고 터키를 거쳐 그리스를 통해 독일로 들어가려다 배가 뒤집혀 하늘나라로 떠났다. 독일은커녕 그리스까지 가기도 전에 어머니와 형과 함께 터키 보드룸 해안가로 떠밀려 간 것이다.

　소년은 이틀 전 아무것도 모르고 제일 좋은 옷을 입고 부모

손을 잡고 소풍 가듯 들뜬 기분으로 집을 나섰을 것이다. 이발사였던 소년의 아버지는 에게해 4킬로미터를 건너 그리스 땅을 밟기 위해 전 재산을 긁어모아 뱃삯 4,000유로를 브로커에게 건넸지만, 구명조끼 값으로 1인당 200달러인 800달러를 낼 돈이 없어 참변을 당했다.

사진 기자는 아이 시신을 본 순간 충격을 받고 마음은 한없이 슬펐지만 그의 절규를 세상에 들리게 하고 싶었다고 말했다. 그녀의 바람대로 이 사진 한 장이 영국과 독일, 미국 등에서 난민 정책을 완화하는 움직임을 일으켰으며 이슬람 국가에서도 그들을 받아주어야 한다는 의견이 조성되고 있다. 독일 메르켈 총리는 난민을 위해 3억 달러를 더 풀겠다고 했고 영국에서도 일시적으로 난민을 허용하고 있다.

매년 아프리카의 여러 나라, 시리아, 이라크, 아프가니스탄 등에서 사하라 사막을 건너고 지중해를 건너 수천 킬로미터를 달려 서유럽과 북유럽으로 향하는 난민들이 수십만 명이라고 한다. 도버 해협을 건너 영국으로 가기 위해 프랑스 칼레에 모여든 난민들과 독일로 가기 위해 육로로 헝가리에 도착한 난민들은 그들이 가려는 나라로 조금이라도 가까이 가기 위해 기회를 노리고 있다. 반면, 프랑스와 헝가리에서는 난민촌 주변에 철제 담장을 더 높이 쌓고 경비 인력을 충원하고 있다. 나라마다 처지와 형편이 다르고 경제 불황 속에서 난민을 무작정 받아들일 수는 없을 것이다. 먹을 파이는 유한한데 같이 나누기가 쉽진 않을 것이다.

베르톨트 브레히트의 희곡『서푼짜리 오페라』에는 이런 구절이 나온다. "세상은 궁핍하고 인간은 선하지 않아. 누가 지상에서 천국을 원하지 않을까? 당신을 좋아하는 당신의 형제도 두 사람을 위한 고기가 충분치 못하다면 안면을 달리하게 마련"이라며 인간의 본성을 얄밉게 꼬집고 있다.

몇 년 전부터 교회에서 탈북청소년을 위한 '세일아카데미'의 급식 봉사를 하고 있다. 음식을 준비해가서 그들에게 나눠주고 같이 기도하는 시간을 갖는다. 처음에는 탈북청소년이라 하여 못 먹고 못 입어 거친 피부와 유행에 뒤진 옷을 입은 모습을 상상했다. 그러나 그들은 조금이라도 맛난 것을 더 주려는 내게 살쪘다고 음식을 사양했다.

그들의 외모는 한창 피어나는 꽃봉오리처럼 싱싱하고 건강했고 길에서 만나면 탈북자와 우리나라 청소년을 전혀 구별할 수 없을 정도였다. 그들도 건강과 미용을 위해 다이어트를 할 수 있는데 나는 왜 마음 밑바닥에서 가벼운 배신감을 느꼈을까. 편견을 가진 내가 부끄러웠다.

난민들은 정치적 탄압이나 내전을 피해 정든 고향을 떠나 새로운 인생을 찾아 나선, 삶에 대한 열정이 있는 사람들이다. 난민은 몸만 이동하는 게 아니라 그들의 언어, 문화, 지식이 함께 움직인다. 생각을 바꾸면 그들은 정착하려는 나라에 엄청난 인력과 자원이 될 것이다.

앞으로 난민 정책이 어떻게 변할지 모르고 그 어느 것도 완벽한 해결책이 될 수 없겠지만 베트남전에서 네이팜탄을 피해 달리던 발가벗은 소녀의 사진이 전쟁의 참상을 고발했던 것처럼 세 살배기 아이의 사진 한 장이 갖는 역사적 의미는 클 것이다. 아니, 세계인의 가슴에 불을 당겨 커다란 반향을 일으켰으면 좋겠다.

아일란 쿠르디의 아버지는 이제 혼자가 됐다. 그는 아내와 두 아들의 시신을 안고 고향 시리아로 돌아갔다. 수십만 명의 난민 한 사람 한 사람에게는 그와 같은 절박함이 있을 것이고 수십만 개의 가슴 아픈 사연이 있을 것이다.

카를 힐티의 글을 떠올린다. "지상에서 대가를 지불하지 않는 일이 있다는 것은 그리스도인의 견해에서 보면, 이 세상에서 모든 셈이 끝나는 것이 아니라 필연적으로 그 뒤의 삶이 있는 게 틀림없다는 추론을 정당화한다는 것이다."

아일란 쿠르디, 하늘에서는 행복하기를.

나는 아무것도 후회하지 않는다.
나도 도박을 걸었다. 그리고 졌다.
이것은 내 직업의 당연한 질서다.

생텍쥐페리 『인간의 대지』[*]

[*] 생텍쥐페리, 『인간의 대지』 안응렬 옮김, 동서문화사, 2013.

생 의

한
가
운
데

본질을 사랑하지 못하는
남자의 비극

◯

아주 오래전에 지하철에 몸을 밀어넣느냐 못 넣느냐에 따라 인생이 달라진다는 〈슬라이딩 도어즈Sliding doors〉라는 영화가 있었습니다. 살면서 수많은 그런 일들을 만나고 그 결과가 모여 운명이 되는 거겠지요.

내가 생각하기에 토마스 하디Thomas Hardy의 『테스』에는 두 번의 슬라이딩 도어가 나옵니다. 책 표지에 이렇게 쓰여 있습니다. '냉혹한 운명에 농락당했으나 진실 앞에서 순결했던 여인의 삶', 하디는 부제로 '순정한 여인Pure woman'이라고 달았습니다. 토마스 하디는 육체적 훼손에도 더럽혀지지 않는 정신적인 순결을 그리고 싶었을 것입니다. 남자들의 이중성을 고발하고 여성에게 연민을 가진 토마스 하디의 혜안이 고맙습니다.

넓은 들판에 소가 한가로이 거닐고 굴뚝 벽돌은 깨어지고 지붕에는 이끼가 끼고 나무로 만든 삽짝 문이 열려 있던, 영국 시골 도셋의 토마스 하디 생가를 다녀와서인지 작가가 더 친근하게 느껴집니다.

소설 서너 장을 넘기면 주인공 테스와 엔젤이 스쳐 지나가던 첫 번째 슬라이딩 도어가 나타나지요. 엔젤은 우연히 들른 마을 축제에서 하얀 옷을 입고 춤을 추던 테스를 보고 아름답다 생각합니다. 그때 둘의 눈이 마주치고 엔젤이 테스에게 춤을 청했더라면 그들의 운명이 비참해지지는 않았겠지요.

모든 아버지가 자식에게 헌신적인 어른 노릇을 하지는 않지요. 테스의 아버지도 그러했습니다. 술주정뱅이 아버지는 자신의 가문이 귀족이라는 교구 신부의 귀띔에 빠져 "감정을 풍부하게 드러내는 작약 꽃 입술과 천진한 큰 눈을 가진" 테스를 가문과는 상관도 없는 더버빌가 저택으로 보내지요.

"피부색은 거무튀튀했고 두툼한 입술, 두리번거리는 눈동자."

곧 일을 저지를 것만 같은 알렉의 외모를 묘사한 이 장면에서 나는 긴장감을 느꼈습니다. 바람둥이 주인 남자에게 순진한 시골 처녀 하녀는 손쉬운 먹잇감이었을 것입니다. 우리의 예상대로 테스는 알렉의 꾐에 빠져 순결을 잃고 말지요. 작가는 "어찌

하여 이 아름답고 연약한 몸에, 얇은 비단처럼 섬세하고 눈처럼 깨끗하다고 해야 할 몸에 그렇게 천박한 무늬가 새겨져야 했을까"라고 한탄했지요.

테스는 어머니에게 이렇게 말하지요. "남자들이 위험하다고 왜 말해주지 않았어? 조심하라고 왜 말해주지 않았느냐고. 신사 집안 아가씨들은 남자들의 술수를 소설에서 읽고 뭘 경계해야 하나 알게 되는데 나는 배울 기회가 없었어. 엄마도 도움이 되지 않았어"라고 울부짖지요.

다행히 현명한 나의 엄마는 어려서부터 "남자는 모두 도둑이고 늑대"라고 원색적으로 성교육을 시켰습니다. 나는 그 말의 참뜻도 모르면서 무조건 남자의 친절에 거부감을 가지고 몸을 웅크렸지요. 엄마의 말이 아니더라도 책들을 통해 이미 알고 있었고, 그 책들 중 단연 압권은 『테스』였어요.

테스는 남루한 집으로 다시 돌아와 주위의 수군거림 속에 알렉의 아기를 낳아 키우지요. 그러나 그 행복도 잠깐. 아기는 죽고 정식 세례를 받지 못해 지옥에 갈 사람들이 잠자고 있는 쐐기풀이 무성한 곳에 눕게 되지요. 이 소설에서 나는 이 부분이 제일 슬펐어요. 죽음의 그림자가 다가오는 아들이 세례를 받지 못한 사생아로 지옥에 떨어질까 두려워 테스가 직접 세례를 주는 장면이요.

테스는 이후 강한 여인으로 태어납니다. "단숨에 단순한 처

너에서 복잡한 여자로 바뀌었다. 깊은 사색의 흔적들이 그녀의 얼굴을 스쳐갔고, 목소리에는 이따금 비장함이 묻어났다. 그녀가 겪은 일을 인문 교육이라고 해도 무방하리라"라고 토마스 하디는 말합니다.

이제 '인문 교육'을 받은 테스의 인생 2부입니다. 농장 주인 목사의 셋째 아들로서 독실한 신자로 인습과 편견을 거부하고 세속적인 미래에 관심이 없는 반듯한 인품의 엔젤을 다시 만나게 되지요. 테스는 엔젤을 보는 순간 소설 첫 장면을 기억해내지요. 첫 번째 슬라이딩 도어를요. 엔젤이 처녀들과 춤을 추고는 자기 일행과 길을 떠난 바로 그 외지인이었다는 것을요.

"지혜로울수록 모든 사람의 고유성을 인식한다"는 파스칼_{Blaise Pascal}의 금언을 금과옥조처럼 여기며 하층민인 일꾼들에게서도 고유성을 발견하고 더 나아가 테스에게서 여왕의 기품을 본 지혜로운 엔젤은 테스를 향해 끈질기게 구애를 합니다.

어찌 보면 테스는 사랑의 눈빛을 교환하며 자연 속에서 살던 이때가 일생 중에 제일 행복했을 것입니다. 원죄처럼 지난 일을 가슴에 품고 있던 테스는 고통스러운 환희를 느끼면서도 엔젤의 집요한 사랑 고백을 받아들이지 않았지요. 하지만 테스도 여자, 아니 인간이었어요. 들숨과 날숨, 고동치는 맥박, 굽이도는 피에 자신을 맡기기로 했던 거지요.

다시 두 번째 슬라이딩 도어가 나타납니다. 테스는 양심의 가책에 못 이겨 자신의 과거를 적은 편지를 엔젤의 방문 아래 끼워 넣지요. 그러나 편지가 카펫 밑으로 들어가 엔젤은 그것을 읽지 못했지요. 만일 엔젤이 그 편지를 읽었더라면 어떻게 되었을까요. 마음을 가라앉혀 그녀의 부정(不貞)을 받아들일 수 있었을까요. 아니, 차라리 테스가 무식한 엄마의 조언대로 자신의 과거를 "불씨가 남아 있는 탄불을 비벼 끄듯" 감추었다면 어떠했을까요.

결혼 첫날밤, 엔젤은 촛불을 앞에 놓고 테스의 가는 목에 가문 대대로 내려오는 목걸이를 걸어주고는 자신의 과거를 이야기합니다. 순진한 테스는 화답하듯이 천천히, 낮은 목소리로 알렉의 이야기를 하지요. 그러자 엔젤은 무정하게 이렇게 얘기합니다.

"당신은 내가 사랑한 네가 아니야."

눈물이 그렁그렁한 테스가 묻습니다.

"그럼 누구예요?"

"당신의 모습을 한 다른 여자지."

이 장면에서 서정주 시인의 〈신부〉가 떠올랐습니다. 첫날밤 신부의 옷을 벗기려던 신랑이 오줌이 급해 나가는데 옷이 문에 끼이자 신부가 음탕해서 그새를 못 참는 줄 알고 도망가버렸다지요. 40, 50년이 지나 신부 집을 지나치다 들어가 보니 신부가 초록 저고리 다홍치마로 앉아 있었다지요. 안쓰러운 마음에 어깨를 만지니 초록 재와 다홍 재로 내려앉았다지요. 복수를 하려면 이리 해야지요.

무정한 엔젤은 브라질로 홀로 떠나고 테스는 시골 농장 일꾼으로 전전합니다. 그런데 알렉이 목사가 되어 테스 앞에 나타납니다. 그러나 사람은 쉽게 변하지 않는가 봅니다. 알렉은 테스를 보고 마음이 변해 배교를 하고 테스 주위를 맴돕니다. 가난한 친정을 도우려는 마음과 남편은 절대 돌아오지 않는다는 알렉의 집요한 설득에 테스는 그만 마음이 움직이지요. 바로 이때 엔젤은 뒤늦게 냉혹했던 잘못을 사죄하기 위해 돌아옵니다. 안타까운 엇갈림입니다.

테스는 돌아온 엔젤을 보고 알렉 때문에 인생이 망가졌다는 생각이 들어 충동적으로 알렉을 칼로 죽이지요. 새장에 갇힌 새만 보아도 울던 연약한 테스가 살인을 한 거예요. 엔젤과 테스는 도망자 신세가 됩니다.

이제 그 유명한 스톤헨지 장면이 나옵니다. 작가의 생가에서 남쪽으로 80킬로미터 떨어진 솔즈베리 평원, 돌기둥들이 우뚝 솟은 스톤헨지 주위에는 광활한 밀밭이 펼쳐져 있고, 까마귀 떼가 날고 있었지요. 나는 사람 키의 서너 배쯤 되는 돌기둥 사이 어디에서 테스가 아침 해를 받으며 잠들었을까 상상했지요.

기원전 2,000여 년에 종교 제단으로 사용되었던 이곳에서 자신을 제물로 드리고 싶었을까요. 엔젤은 곧 다가올 운명을 알고서도 평화롭게 잠든 테스를 보고 무슨 생각을 했을까요. 첫 만남 때 그녀에게 손을 내밀지 않은 것을 후회했을까요. 아니요. 어쩌면 결혼 첫날밤, 둘이 촛불을 켜놓고 과거를 이야기하던 날로 돌아가고 싶었을까요.

테스는 헌신하고, 사랑하고, 용서하는, 우주를 품은 여자예요. 오규원 시인이 말하는 "여자만을 가진 여자, 여자 아닌 것은 아무것도 안 가진 여자, 눈물 같은 여자, 슬픔 같은 여자, 시집詩集 같은 여자, 그러나 누구나 영원히 가질 수 없는 여자"였어요.

테스는 형장의 이슬로 사라져 정말 영원히 가질 수 없는 여자가 되었네요. 테스의 사형으로 끝나는 소설의 결말이 너무도 슬퍼 책을 쉬 덮지 못하겠습니다.

이 소설에서 제일 불쌍한 사람은 누구일까요. 나는 엔젤이라고 생각해요. 테스는 주어진 운명을 살 수밖에 없는 나약한 처지였지만 엔젤은 운명을 바꿀 수 있는데도 그리 살았으니까요. 테스를 머리로는 받아들이지만 마음으로 받아들이지 못해 얼마나 힘들었을까요. 그가 이것을 건너뛰었더라면요.

그래요. 그건 남자의 비극이에요. 어리석은 세상의 남자들은 '속사람'을 보지 못하고 여자의 외모를 사랑하지요. 남다를 것 같았던 엔젤 역시 끝내 이 범주에서 벗어나지 못했다는 사실이 마음 아픕니다. 왜 이 글의 제목이 본질을 사랑하지 못한 남자의 비극인지 아시겠지요?

여자들의
전쟁 이야기

한 여자가 견갑골과 등뼈가 고스란히 드러난 등을 보이고 벌거벗은 채 침대에 앉아 있다. 고개를 깊이 숙이고 상처를 싸안듯한 팔은 어깨를, 한 팔은 허리를 감싸고 있다. 책『전쟁은 여자의 얼굴을 하지 않았다』의 표지 사진이다.

인간의 탄생 이래 수천 번의 전쟁이 있었고, 지금 이 순간도 지구 어디에선가 인간이 인간을 죽여야 하는 전쟁이 일어나고 있다. 수많은 책과 영화에서 전쟁을 이야기했지만 그것은 남자들의 시각에서 본, 남자들의 전쟁 이야기였다.

이 책은 여자들의 전쟁 이야기다. 히틀러가 모스크바를 침공

하자 소련은 1941년 9월 뒤늦게 2차 세계대전에 참전한다. 자의로, 또는 징집에 의해 저격병, 의무병, 전투기 조종사, 세탁부대 병사, 연락병, 취사병, 운전병, 통신병 등으로 100만 명 이상의 소비에트 여자들이 참전했다. 평범한 소녀였거나 젊은 여성이었거나 자식이 있는 엄마였던 이들의 꿈과 사랑은 전쟁으로 인해 처참하게 무너지고, 삶은 송두리째 바뀌었다.

벨라루스의 스베틀라나 알렉시예비치Svetlana Alexievich는 40여 년이 흐른 후 200여 명의 여자들로부터 '자신만의 전쟁터' 이야기를 받아 적었다. 1985년 출간된 이후 검열로 인해 걸러진 부분을 추가해 2002년 재출간했으며, 2015년 노벨문학상을 수상했다. 이 책은 다큐멘터리와 소설의 중간지대에 있다. 작가는 '소설-코러스'라 명명했다.

증언자들은 전쟁이 끝난 지 40여 년이 지났지만 온갖 트라우마로 악몽을 꾼다. 독일군의 조명탄이 터지는 공동묘지 앞에서 보초를 서다 공포로 두 시간 만에 백발이 된 여자, 감당하기 힘든 일을 하니 생리가 끊겨 다시 여자가 되지 못할까 두려워했던 그네들이 증언한다. 이 책은 전쟁 중에 목소리가 나오지 않았던 여자들의 피울음이다.

같은 상황이라 해도, 또 한 사람의 입에서 나왔을지라도 전쟁이 끝난 직후와 수십 년이 흐른 뒤의 이야기는 다르다. 기억은 제멋대로이며 변덕스럽다. 그녀들은 기억이 사라질까 두려우면서도 기억으로 인해 괴롭다.

"어떤 것도 잊지 않겠다고 했는데 점점 잊혀져가……."

세월은 정말 힘이 세다.

전쟁터는 사람도, 말도, 새도, 개도 불에 타 죽는 곳이며, 육탄전 때 오도독 뼈 부러지는 소리를 듣는 곳이다. 다른 사람을 죽여도 된다는 생각조차 할 수 없었던 사람들이 옆에서 동료가 죽는 것을 보고, 주검을 묻고, 불에 탄 하얀 뼛조각 사이에서 유품을 찾으며 적개심과 증오심이 피어올라야 비로소 적을 죽일 수 있다.

전쟁터는 반은 사람이고, 반은 짐승이어야 버틸 수 있는 곳이다. 전쟁터는 임신 중인 몸으로 지뢰를 자기 옆구리에 끼워 나르는 곳이며 출산한 지 얼마 안 된 여자가 은신처 코앞에 들이닥친 독일군으로부터 동료들의 목숨을 구하려고 우는 자기 아이를 물속에 집어넣는 곳이다.

여자들은 남자들이 보지 못하는 것을 보고 기억한다. 여자들의 전쟁에는 냄새와 소소한 일상이 함께한다. 여자들은 생명을 주는 존재다. 생명을 품고 생명을 낳아 기른다. 아이에게 함부로 꽃을 꺾어서는 안 된다고 말하며 전쟁터에 있었다는 사실의 부조화에 괴로워한다. 그녀들은 고향과 평화를 느끼고 새소리를 들으려고 밤샘 보초를 자원하고 배낭에 숨긴 원피스와 굽 높은

구두를 몰래 꺼내 한 번씩 들여다보기도 한다. 그네들은 전장에서도 클립 대신 솔방울로 머리를 구불구불하게 말고 폭탄이 날아오면 무의식적으로 몸이 아니라 얼굴부터 피한다.

퇴각 중에 위급한 산모의 출산을 도운 여자가 있다. 아기 엄마는 아기 이름을 그 병사의 이름과 똑같이 짓고 분통을 선물한다.

"사방에 총탄이 날아다니고 포성이 울리는 그 한밤에 분 향기가 퍼지는데……. 그 분 향기, 그 작은 생명, 지금도 눈물이 나."

전쟁에서 이기고 돌아온 남자는 환영을 받았지만, 여자는 환영받지 못했다. 그네들은 전쟁에 다녀온 여자, 전쟁을 아는 여자로 인식되는 게 두려워 과거를 숨기며 살았다. 남자들이 '우리 같은' 여자들을 좋아하지 않을 거라는 예상대로 대부분의 여자들은 결혼하지 못했다. 군에서 사랑을 나누었던 남자가 전쟁이 끝나자 군화와 발싸개 냄새가 난다며 떠났다.

"우리는 승리를 빼앗겼어. 남자들은 승리를 우리와 나누지 않았어."

장애아를 낳자 자신이 사람을 많이 죽여서 받는 벌이라고 자책하는 여자는 기저귀를 끌어안고 행복의 냄새를 흠뻑 들이마신다. 그런데 남편은 "정상인 여자라면 과연 전쟁터에 나갈 수 있을까? 그래서 당신이 정상아를 낳을 수 없는 거다"라고 모진 말을 하며 아내와 딸을 버린다. 그녀는 이런 남편을 위해 간구하고 사람을 죽인 것에 대해 용서를 구하는 기도를 매일 아침 올린다. 여자는 그런 존재다.

그들은 두 개의 인생을 살고 있는 사람들이다. 겨우 몇 년 사이에 인생 전체를 살아버렸다. 레마르크의 『서부 전선 이상 없다』는 많은 소년병이 죽고 주인공도 죽었지만 '서부 전선 이상 없다'는 보고서를 사령부에 올리는 장면으로 끝이 난다. 수십만, 아니 수백만이 죽어도 하늘은 평온하고, 호수의 물은 반짝거리고, 꽃은 피고, 아이는 태어난다. 이 세상은 '이상 없이' 돌아가고 삶은 계속된다.

전쟁이 아니고 사랑이어야 한다는 것은 당위일 뿐일까. 브레히트가 이야기했듯 사랑을 이야기하다 나눠야 할 빵 앞에서 얼굴을 바꾸는 나약한 인간의 이상일 뿐일까. 이 책을 읽는 내내 고통스러웠다. 충격, 분노, 슬픔을 차례로 경험했다. 고통스런 기억을 끌어내 증언했던 그녀들에게 경의를 보낸다.

책을 덮으며 가슴 떨림 사이로 "여성성이 세상을 구원한다"는 괴테의 『파우스트』마지막 구절이 왜 갑자기 떠올랐는지 모르겠다.

하늘의 낭만주의자, 생텍스

유치원 어린이들도 친구들 아파트 평수를 계산하고, 남녀평등을 부르짖으면서 남자의 지갑 두께에 예민한 낭만이 사라진 시대에 나는 생텍쥐페리Antoine de Saint-Exupery를 다시 생각한다.

리옹에 가면 그의 생가 근처에 생텍쥐페리와 어린 왕자의 조각이 있다. 건물 3층 높이는 족히 되어 고개를 길게 빼고 올려다보아야 한다. 하얗고 긴 대리석 좌대 위에 생텍쥐페리는 조종사 모자를 쓰고 다리를 늘어뜨리고 앉아 그가 직접 삽화를 그렸던 형상 그대로인 곱슬머리 어린 왕자와 어깨동무를 하고 있다. 두 사람의 검은 대리석 조각은 하얀 좌대와 묘한 대비를 주며 길 위에 서 있기에는 아까운 예술 작품의 포스를 풍기고 있다.

지금은 유로화가 통용되어 볼 수 없지만 한때 50프랑 화폐에는 생텍쥐페리의 얼굴이 그려져 있었고 리옹 공항은 생텍쥐페리 공항으로 불릴 정도로 프랑스 사람들에게 많은 사랑을 받고 있다.

생텍스라는 애칭으로 불리기도 한 그는 12세 때 우연히 집 부근의 비행장에서 한 파일럿이 태워준 비행의 감격을 잊지 못해 조종사가 되려는 마음을 품었다. 공군에 입대해 조종사 면허를 따고 뚤루즈의 항공사에 들어가 뚤루즈와 카사블랑카, 다카르와 카사블랑카 항공우편 항로를 개척하기도 했다.

29세에 『남방우편기』를, 31세에 『야간비행』을 발표하여 페미나상을 수상하고 유명 작가의 반열에 올랐다. 돈을 모아 비행기를 사서 파리와 사이공 구간의 기록 갱신에 나섰다가 리비아 사막에 불시착해 닷새 만에 베두인족의 도움으로 구조되기도 했고 이후에도 위험한 고비를 몇 번 넘겼지만 비행을 포기하지는 않았다.

2차 대전이 발발했을 때 생텍스는 이미 비행을 하기에는 나이가 많고 어깨까지 마비돼 비행이 금지된 상태였다. 그러나 작가로서 명성을 가진 그의 끈질긴 요구로 1944년 7월 31일 그르노블에서 안시 방면 정찰 비행단으로 출격 명령을 받고 떠났다가 영원히 돌아오지 않았다. 어린 왕자처럼 사라져버린 것이다. 탄생 100주기인 2000년 5월 프랑스의 한 잠수부가 마르세유 근해에서 작가와 함께 실종되었던 항공기 잔해를 발견했다.

나는 『어린 왕자』의 작가가 한때 항공우편 조종사였다는 사실이 퍽 마음에 든다. 처녀작 『남방우편기』에는 이런 구절이 나온다.

"그날 새벽, 자네는 품 안 가득 사람들의 속 깊은 사연을 떠안아야 하는 처지였지. 자네의 연약한 그 품 안에 말야. 우편물은 귀중한 거라고……. 3만 명의 연인들을 살아가게 해주는 게 바로 우편물이었던 것이다."

수많은 사람들의 희로애락을 담은 절절한 편지의 가치를 하늘의 낭만주의자, 생텍스는 무엇보다 잘 알았던 거다.

그가 비행 중 보았을 달과 별, 구름, 사막을 그려본다. 그러다가 "비행 도중 밤이 너무도 아름다울 때는 무아지경이 되고 만다. 그래서 조종을 그만두고 제멋대로 가게 내버려둔다"는 구절에 이르면 내가 탄 비행기가 생텍스 같은 낭만적인 조종사를 만나면 어떻게 될까 겁이 나기도 한다.

그의 작품을 읽으며 나는 그가 비행기 조종간을 잡고 세상을 떠날 것 같은 예감에 불안해진다. 『인간의 대지』에는 이런 구절이 나온다.

"나는 아무것도 후회하지 않는다. 나도 도박을 걸었다. 그리고 졌다. 이것은 내 직업의 당연한 질서다."

나는 섬뜩함을 느꼈다. 예감대로 그는 불귀의 객이 되었으니까.

그는 산살바도르 태생의 미망인 콘수엘로와 서른한 살에 결혼해 네잎클로버 꽃 누르미를 붙인 그림책에 그림과 글을 공유하며 젊은 연인들처럼 예쁘게 살았다. 사막에 불시착했을 때 혼자 살아갈 아내의 궁핍을 염려하는 소설 속 장면은 그의 생생한 독백처럼 들린다.

"나는 내 아내를 생각했네. 내 보험 증서가 있으니 별로 비참한 생활은 하지 않겠지. 그러나, 보험은…… 실종의 경우, 법정 사망은 4년이 미루어진다."

리비아 사막에 불시착했을 때, 실종 처리되면 아내가 사망보험금을 곧바로 받지 못할까 봐 시신을 사람들이 쉬 찾을 수 있도록 기진한 몸을 일으켜 이틀 밤과 사흘 낮을 꼬박 걸었을 생텍스의 모습이 보인다.

천성이 순한 그는 어머니를 존경하고 사랑했다. 학교에서 혼나고 와서 엄마의 키스 한 번으로 행복해지는 그에게 어머니는 가히 절대적인 존재였다. 이 부분에서 어머니를 위해서라면 무엇이든 했던 로맹 가리가 겹쳐진다.

마흔네 살 아들은 비행을 떠나기 전 1944년 7월 어느 날, 늙은 엄마에 대한 걱정과 염려를 적은 편지를 보낸다. 이것이 결국 마지막 편지가 되었다.

"어머니, 제가 마음속 깊이 어머니를 생각하는 것처럼 저를 안아주세요."

마치 내 아들이 내게 하는 말인 양 나는 그가 친근하고 안쓰럽다.

그는 허영이나 지식욕, 권력욕, 물욕에 휩싸인 어른들을 이상하게 바라보았으며 순수한 어린이의 세계에 머물고자 했고, 조그마한 별에서 의자를 옮겨놓으며 시시각각 달라지는 해 지는 모양을 보고 싶었던 낭만주의자이며, 끊임없이 비행을 동경했지만 "비행기 덕분에 우리는 직선을 배웠다. 이륙하자마자 우리는 샘터와 외양간 쪽으로 가는 길들을 버렸다"며 첫 마음을 잊지 않았던 조종사이며, 이 세상에서 진정한 사치는 인간관계의 사치라며 사람을 존중했던 작가이다.

TV 드라마에서 한 노인이 절규하고 있다.

"나를 이렇게 길들여놓고 그냥 가버리면 어떡해. 어떡하느냐구!"

아내가 평생 모든 것을 다 해주다가 갑자기 스트라이크를 일으키자 남편이 하는 말이다. 그 아내는 죽을병에 걸린 사실을 남편에게 알리지 않고 혼자 살아갈 남편을 훈련시킨다고 손을 놓은 것이다.

관계가 가까울수록 우리는 서로를 길들인다. 자신 때문에 무능해진 남편을 두고 아내가 먼저 세상을 떠나는 것은 반칙이다. 그리하여 함부로 길들일 일이 아니다. 길들였으면 끝까지 책임을 져야 하는데 세상일이 어디 그렇게 마음대로 되는가. 드라마를 보다가 느닷없이 생텍스를 만났다.

생의 한가운데

○

    루이제 린저Luise Rinser의 『생의 한가운데』를 다시 읽고 있는데 친구 S가 떠올랐다. 주인공 니나 부슈만은 어떤 상황에도 당황하지 않고 차분하고도 용감하게 자기 길을 가는 여자다. 나는 니나 부슈만을 친구 S에 대입시켰다. 입시에 일로매진해도 모자랄 고등학교 2학년 시절, 헤르만 헤세와 카뮈 등 불온한(?) 책들을 그 친구와 같이 읽고 느낌을 나누었다. 미적분을 풀고, 역사 연도를 외우고, 영어 가정법을 배우는 것보다 좋았고 중요하다고 생각했다. 우리는 친구들과 다른 정신체계를 갖고 있다는 자부심과 그들을 은근히 무시하는 마음을 은밀하게 공유하고 있었다.

그녀와 나는 '생의 한가운데'를 살고 싶었다. 가진 게 없어 지켜야 할 게 많지 않아 자유로웠다. 짧고 굵게, 사는 듯이. 그렇게 살 수 있으리라 믿었다. 어렸으니까, 두려움이 없었으니까.

"나는 차라리 위선보다는 위악이 낫다고 생각해."

선생님들을 포함한 기성세대의 부조리를 비꼬며 까만 피부에 웃으면 가지런한 하얀 치아가 더욱 매력적으로 빛나던 그녀는 입을 비죽이며 말했다. 나는 해를 끼칠 수 있는 위악보다는 위선이 낫다고 말하고 싶었지만 그녀의 냉소가 좋아 하고 싶은 말을 삼켰다. 나는 그녀가 데미안이고 골드문트라 생각했다. 나는 언감생심 싱클레어나 나르치스이고 싶었고……

그녀는 모든 것을 던지며 '생의 한가운데'를 살 것 같았고 나는 자신이 없다는 것을 내가 더 잘 알고 있었다. 그녀는 몰랐을 것이다. 내가 그녀를 속으로 우러러보았다는 것을. 하지만 그녀를 부러워하지는 않았다. 속물스럽게도 주관이 강한 그녀가 인생을 순탄하게 살지는 않을 것이라고 생각했으니까.

하얀 목련이 탐스럽게 막 부풀던 대학 1학년 봄, 신촌에 있는 공학에 입학한 그녀가 여자 대학인 우리 학교 앞으로 놀러왔다. 그녀를 빨리 만나고 싶은 마음에 달려갔을 것이다. 나무 계단을 두 계단씩 뛰어올라 삐꺽거리는 다방 문을 열자 바로 가운데 앉아서 담배를 피워 물고 연기를 날리는 그녀가 한눈에 들어왔다. 그때만 해도 칸막이가 쳐진 경양식집에서 몰래 담배를 피우던 시절이었다. 남들의 시선을 느끼며 그녀 앞에 앉았다. 타인 때문에 자신의 욕망을 유예하지 않는 자유로운 친구였다.

사학과를 수석으로 들어간 그녀는 졸업 후 전공과는 다르게 IBM에 들어갔다. 컴퓨터라는 단어조차 생소했던 시절이었다. 내가 외국인 회사에 들어가 10개월여 다니다 결혼하고 딸을 낳고 조신하게 살림을 할 때, 그녀는 주말이면 한강에서 윈드서핑을 즐겼다. '자유로운 영혼'은 우리 딸 돌 때 기쁠 희囍 자가 박힌 은수저를 예쁘게 포장해 들고 와 "이모 왔다"라며 딸을 안아주었다. 지금도 소파에 앉아 돌쟁이 아기를 안고 있는 그녀의 모습이 생생하다.

그녀는 3, 4년 직장 생활을 재밌게 하더니 미래는 컴퓨터가 지배할 것이라는 것을 예측했는지 컴퓨터 공학을 공부하기 위해 돌연 미국 서부의 주립대학으로 유학을 감행했다. 대학원을 졸업하고 성공적으로 실리콘밸리에 안착했다.

그녀가 어머니가 아파 잠시 한국에 와 있는 동안 우리는 한강이 보이는 식당에서 장어구이를 먹기도 했고 밤늦게 옛 시절을 추억하며 신촌을 돌아다니기도 했다. 결혼을 하지 않은 그녀에게 나는 아이 둘을 키우는 이야기를 교활하게도 투정을 섞어 전했고, 그녀는 먹고사는 데 목맨 자의 설움을 털어놓았다.

실리콘밸리 산타클라라에 큰 집을 샀고 몇 차례 남자와 동거와 헤어짐을 반복했다고 했다. 현재 남자와 섹스가 만족스럽다고 내 눈을 똑바로 보며 말을 했는데 매일 한 침대에서 남편과 자는 나는 그녀의 눈을 마주보지 못했다. 이번 남자는 고국에서 변호사를 하다 미국에 온 유고계 미국인으로 미국 변호사 시험을 보고 있다고 했다. 세 번째 도전인 이번 시험에도 낙방하면 그를 내쫓을 거라고 담담하게 말했다.

사랑하면 결혼하는 거라고 믿고 있던 나는 결혼 계획에 대해 물었다. 그녀는 결혼은 하고 싶지 않지만 아이 하나는 갖고 싶다고 말했다. 예상치 못한 답에 내 표정을 관리하는 사이, 그녀가 말을 이었다.

"너는 균형 감각이 있어. 나는 그게 부러워."

그녀는 진심으로 나를 부러워하는 듯했지만 균형 감각이 있다는 말을 이도 저도 아니라는 말로 해석한 나는 얼굴이 화끈했다.

그사이 그녀는 실리콘밸리 경기가 나빠져 실직을 했고, 자산 관리사 시험을 봐서 합격했고, 그와 관련한 일을 2, 3년 동안 잘 해내고 경기가 회복되자 원래의 자리로 돌아갔다. 나는 그녀의 삶 하나하나를, 그 속의 내밀한 비밀을 모른다.

그녀는 정의를 위해 싸우는 사회운동가도 아니고 단지 미국이란 자본주의 사회에서 열심히 그날그날을 살아가는 건실한 생활인이다. 하지만 적어도 그녀는 사회적 규율이나 타인의 시선 때문에 자신의 삶을 포기하지 않았고 위선을 부리지도 않았다.

나는 그녀가 생의 한가운데를 의연히 살았다고 생각한다.

한글로 이메일을 보내면 그녀는 한글 프로그램을 깔지 않아 영어로 간략하게 답장을 해온다. 나는 그녀의 말을 이해하지만 속 깊은 이야기는 나눌 수 없다. 영어와 한글 사이의 간극만큼 그녀의 삶은 나와 벌어져 있을까.

우리 모두에게는 운명이 있다. 자신의 최대치를 찾아가는 사람이 있고 그것이 겁이 나 용을 쓰지 않고 적당한 선에서 만족하는 사람이 있을 것이다. 이제 인생 후반기로 꺾어드는 시점에 더 늦기 전에 내 운명의 최대치를 찾아볼까. 그러면 어디쯤에서 진짜 내 운명을 만날 수 있을까.

빈센트, 당신

빈센트,

5년 전 파리 근교 오베르쉬르와즈Auvers Sur Oise에서 당신을 만난 후, 아니 그 전부터 당신은 내 안에 들어와 있었어요. 빈센트, 당신을 생각하면 마음이 저리고 먹먹해요. 그래서 이번 남프랑스 아를Arles로 당신을 만나러 가는 여정이 기쁘지만은 않았답니다. 생 레미 요양소와 정신병원에서 당신을 만나야 하기 때문이지요.

37년 짧은 생애를 고단하게 살다 간 빈센트, 당신.

사산되었던 형의 이름을 그대로 물려받아 출생부터 불행의 복선을 안고 있었던 사람.

그림을 업으로 삼은 10년 동안 2,000여 점의 그림을 그렸으나 한 점의 작품만 팔렸다고 전해지는 화가, 팔리지 않는 그림을 둘 곳이 없어 철제 침대 밑에 쌓아두었다는 화가, 하루 종일 그림을 그리다 저녁이면 카페에서 독한 압생트 주(酒)를 마시며 외로움을 달랬던 사람, 끝없이 펼쳐진 광활한 밀밭에서 권총으로 가슴을 겨눴지만 그마저 실패해 기어서 집으로 돌아와 이틀 후에야 철제 침상에서 세상을 하직한 사람. 고향 네덜란드로 돌아가지 못하고 오베르쉬르와즈에 동생 테오와 벗하며 묻힌 사람, 빈센트 반 고흐, 당신.

목사인 아버지를 이어 가난한 사람들에게 성경을 전하고 싶었던 당신은 전도사 시절 변변찮은 월급마저 광부들에게 나눠주고 누더기 차림으로 다녔지요. 사람들은 그런 당신을 이상한 눈으로 바라보았고 결국 브뤼셀 복음전도협회에서는 희생과 열정이 지나치다며 전도사 자격을 박탈하고 말았지요. 당신의 첫 번째 좌절이었을까요. '가지 않은 길' 중 하나였을까요. 아니, 어쩌면 '가지 못한 길'이었겠네요.

무일푼 신세로 그림을 그리던 당신은 스물여덟 살 때 임신을 한 채 거리를 헤매고 다니는 알코올 중독자 시엔이라는 창녀를 만나지요. 늘어진 젖가슴, 튀어나온 배, 우는 듯 얼굴을 묻고 딱딱한 의자에 앉아 있는 시엔을 그리고 당신은 〈슬픔 Sorrow〉이라는 제목을 붙였어요. 약한 사람, 소외자, 소수자에 천성적으로 마음이 가는 당신을 느낄 수 있어요. 37년 생애 동안 시엔과 보낸 20개월이 여자와의 유일한 사랑이었다지요. 그나마도 시엔의 어머니까지 무능한 화가와의 동거를 반대해 다시 혼자가 되고 말았지요.

집에 함부로 들여놓을 수 없는 물에 젖은 개와 같은 당신을 유일하게 이해한 동생 테오가 없었다면 당신은 마음 붙일 곳이 없었겠지요. 그게 지상에서 신이 허락한 유일한 복이었나 봅니다.

테오는 화상畵商을 하며 평생 형을 돌보았지요. 당신이 파리에 머물 때 막 결혼한 아내와 함께 좁은 아파트에서 형과 같이 살 정도로요. 참 아름다운 형제애입니다. 생각하면 테오의 아내 요한나도 꽤 인정스런 여자였어요.

알퐁스 도데Alphonse Daudet의 순정한 소설을 좋아했던 당신은 프로방스를 동경했던가요? 2년여의 파리 생활을 정리하고 남프랑스의 따뜻한 햇빛, 청명하고 맑은 하늘, 아름다운 자연을 찾아 아를로 가지요. 나도 양버즘나무, 사이프러스, 개양귀비, 노란 유채꽃이 맑은 하늘과 어우러진 그곳에서 한 1년 살고 싶다는 생각을 했을 정도로 아를은 환상적이었어요. 당신은 아를의 풍경을 미친 듯이 화폭에 담았지요. 오직 그림을 그릴 때만이 자신을 찾을 수 있는 것처럼요.

드디어 가슴 졸이며 당신이 통원 치료를 했던 아를 생 레미 요양소에 가보았어요. 수녀원에서 운영하는 요양소는 당신이 그린 그림과 놀랍게 닮아 있어 신기한 느낌마저 들었어요. 그림 속 요양소 중정 마당의 올리브 나무는 베어지고 없더군요. 우울하고 불안한 느낌의 환자들, 소실점에 가닿으면 죽음으로 들어갈 것만 같이 여겨지는 긴 복도……. 간질 발작이 반복될수록 사이프러스 나무는 휘어지고 구름은 춤을 추었어요.

마음을 준 고갱Paul Gauguin과의 우정에 금이 가자 당신은 자신의 귀를 자르는 광기를 보였지요. 그 결과 생 레미 병원에 입원을 해야 했어요. 테오는 당신을 병원 독방에 입원시켰지요. 입구에서부터 병원 건물까지 이어지는 50여 미터 길에는 당신이 그린 그림들과 동상이 도열해 있었습니다. 당신의 자화상 앞에서 오래 서 있었어요. 바로 몇 발자국 앞에 청동 조각이 있더군요. 여전히 당신은 말라 있고 눈은 형형하고 힘없이 늘어뜨린 양손엔 해바라기가 들려 있었습니다.

당신이 머물던 가로 세로 3미터 정도의 정방형 방에 들어가니 철제 침대, 밀짚 의자, 벽에 걸린 그린 두 점이 보였어요. 그런데 자세히 보니 침대 머리에 베개가 두 개 있더군요. 당신의 외로움이 훅 끼쳐왔습니다. 이 방 건너 당신을 묶어 목욕을 시켰을 욕조가 보이네요. 수녀가 남자 몸을 보지 않기 위해 욕조 위에 댄 나무판과 목욕 중 튀어나가지 못하게 연결한 쇠줄과 자물쇠가 보통 욕조와 달랐지요.

우울한 기분으로 고개를 숙인 채 당신의 체취를 느낄 수 있는

〈밤의 카페 테라스〉 무대를 찾아갔지요. 카페 앞에는 당신의 그림이 놓여 있더군요. 점심 식사 시간이 지나서인지 사람들 몇이 여유롭게 커피와 맥주를 마시고 있었습니다.

양버즘나무에 비스듬히 기대 카페를 바라보며 남프랑스의 온화한 밤기운을 느껴보려 눈을 감았습니다. 밤이면 노란 벽이 불빛을 받아 온통 주황색으로 변하는 카페에서 행복한 표정의 사람들 틈으로 싸구려 압생트를 마시는 당신이 보였어요. 밤이 깊어질수록, 사람들이 모여들수록 외로움은 더욱 깊어졌겠지요.

1890년 2월, 테오가 아들을 낳았다는 편지가 생 레미 병원에 도착했습니다. 당신에게 조카가 생긴 거지요. 테오는 "아이가 형처럼 끈기와 용기를 가졌으면 좋겠다"며 당신의 이름을 붙여주었어요. 당신은 조카에게 줄 선물로 〈꽃 핀 아몬드 나뭇가지〉를 그렸습니다. 푸른빛이 도는 그림 속 하늘은 참으로 평안한 느낌을 줍니다. 아직 추위가 가시지 않은 겨울에 피는 아몬드 나무를 그리며 갓 태어난 조카를 축복하는 마음으로 온 마음을 다해 부드럽게 붓질을 했겠지요.

감옥 같은 병원에서 나오기를 바라는 형을 위해 테오는 그해 5월 정신과 의사 가셰 박사가 있는 파리 근교 오베르쉬르와즈에 거처를 마련해줍니다. 가셰 박사에게 상담도 받고 친구처럼 지냈지만 당신은 여전히 동굴 속에 갇혀 있었나 봅니다. 여기서 지내는 두 달, 정확히 67일 동안 당신은 아침 6시부터 저녁 늦게까지 그림을 그려 70여 점의 유화와 20여 점의 데생을 남겼지요. 죽음을 향해 달리는 기차처럼, 그림을 그리는 것만이 병을 이기는 방법이라고 생각했을까요. 영양실조로 이가 여러 개 빠지기도 했고 손에 붓을 쥐기도 힘들 정도로 마비가 오기도 했습니다.

그러나 그림에 대한 열정도, 새 생명에 대한 사랑도 세상에 대한 원망과 분노, 병과 가난을 넘지 못했나 봅니다. 당신은 1890년 7월 27일, 뜨거운 여름 한낮, 그림을 그리러 이젤을 지고 올라갔던 〈까마귀가 나는 밀밭〉을 그린 장소에서 가슴에 방아쇠를 당겼습니다. 그러나 당신은 죽음에도 서툴렀습니다. 〈까마귀가 나는 밀밭〉에서는 자살 직전 불안했던 마음 상태가 드러난 듯 검은 까마귀들이 정신없이 낮게 날고 있습니다.

자살했다는 이유로 신부가 장례를 주관해주지 않아 동생 테오와 친구 몇이 모인 조촐한 장례식에서 가셰 박사가 조사를 읽었다지요. "그는 정직한 인간이자 위대한 예술가였습니다. 그는 어느 누구보다도 미술을 사랑했습니다. 미술은 영원히 그를 살게 할 것이다"라고요.

5년 전 오베르쉬르와즈에서 당신의 묘지를 찾는 것은 어렵지 않았습니다. 당신을 사랑하는 많은 사람들이 성지 순례지처럼 그곳을 찾아오기 때문이지요. 공동묘지 제일 가장자리 벽에 붙어 한가한 느낌을 주었습니다.

참으로 초라했지만 외진 곳에 있어 세상의 쓸모없는 소란스러움에서 벗어나 있는 듯했습니다. 묘비명도, 십자가도 없이 이름과 생몰연도만 적혀 있는 아주 작은 비석이 당신이 어떤 죽음을 맞이했는지, 지상에서 어떤 대접을 받았는지 알려주는 듯해 한없이 쓸쓸했지만 그 또한 인생의 본질이 아니던가요.

당신은 테오가 보내준 돈으로 생활을 하며 그린 그림을 동생과의 공동 작품으로 여겼다지요. 당신의 작품들은 테오에게로, 당신이 죽은 지 6개월 후 테오가 세상을 떠나자 그 아내 요한나에게로, 그 아내마저 죽자 당신이 그리도 사랑했던, 이름을 물려받았던 조카 빈센트 반 고흐에게 상속되었지요.

당신에게는 늘 천재 미술가라는 수식어가 따라다닙니다. 세상이 어리석어 천재를 몰라보았을까요? 정규 미술 교육을 받지 않아 세상의 화법畵法을 따르지 않은 당신 그림을 세상은 너무도 몰라주었습니다. 감자 세 알도 살 수 없었던 그림 한 점이 1,000억 원에 팔리고, 고향 네덜란드 미술관에서는 당신의 그림을 보려고 세계 각국에서 모여든 사람들이 아침부터 줄을 서는 것을 하늘에서 본다면 어떤 기분일까요?

한국에 돌아와 당신이 앉았던 밀짚 의자를 꿈에서 보았어요. 꿈속에서도 마음이 아팠습니다. 내가 동시대에 살았더라면 당신을 사랑할 수 있었을까요.

"그의 영혼에는 커다란 난로가 있다. 아무도 이 난로에 불을 지피러 오지 않는다. 행인들은 굴뚝 위로 퍼지는 연기만 조금 바라볼 따름이다. 그리고 저마다 제 갈 길을 간다. 자, 어찌할 것인가?"라고 당신은 묻고 있습니다. 어쩌면 나 역시 난로에 불을 지피지 않고 제 갈 길을 갔겠지요. 눈물이 흐르네요.

기념품점에서 사온 '밤의 카페 테라스' 머그잔에 커피를 따르고 '아몬드 나무' 안경집에서 돋보기를 꺼내 당신의 화집을 펼칩니다. 별이 빛나는, 별이 빛나는 밤Starry, Starry Night 노래 구절이 입가에 맴돕니다.

더러운 것이 가라앉아 정화된 듯한, 그 어떤 평온한 느낌이 축복처럼 마음에 퍼집니다. 당신의 난로, 참 따뜻하네요. 고마워요. 불우不遇했지만 불후不朽한 빈.센.트, 당신.

조르바라니,
    언감생심

◯

잎을 다 떨궈 뼈만 남은 나뭇가지에 구름 한 점 없이 파란 바다 같은 하늘이 걸려 있다. 고속도로 휴게소에서 느긋하게 점심을 먹고 오랜만에 시야가 툭 트인 맑은 날씨를 즐기며 차 안에 앉아 남편을 기다리는 중이었다. 한 떼의 젊은이들이 날씨만큼이나 유쾌하고도 당당하게 휴게소에서 걸어 나왔다. 젊은이들을 보자 한껏 기분이 좋아져 나는 조르바의 춤이라도 추고 싶어졌다.

대학 시절 문학을 전공하면서 사회과학 서클에 가입했던 나는 밤새운 열띤 토론 끝에 아침이면 아무것도 남지 않는 학우들과의 말의 성찬이 허무했다. 그때쯤이었을 거다. 『그리스인 조르바』에 흠뻑 빠졌다. 나 역시 머리로 글을 쓰며 평생 신의 존재를 탐구했던 니코스 카잔차키스Nikos Kazantzakis처럼 몸으로 사는 조르바에 반했다.

동명 영화를 보고 조르바와 안소니 퀸과 니코스 카잔차키스가 같은 사람인 듯 느꼈다. 실제로 니코스 카잔차키스는 『그리스인 조르바』에 나타난 대로 서른세 살에 광산 채굴 노동자인 조르바를 만나 펠로폰네소스에서 갈탄 발굴을 같이했다. 조르바는 배우지 못한 사람이었지만 욕망과 당위와 타인의 시선에서 자유로운 사람이었다. 니코스 카잔차키스는 자기에게 영향을 끼친 사람으로 니체와 베르그송과 함께 조르바를 들었다.

추상적인 단어와 그 함의를 찾는 데 지쳤을 때쯤 남편을 만났다. '나는 노가다'라는 말이 남편 입에서 나왔을 때 조르바와 안소니 퀸을 떠올렸다. 남편은 노가다라 했지만 실제로는 건설 현장에서 일하지 않고 책상에서 주판을 두드리며 현장 예산을 관리하던 공무였는데, 얼토당토않게 나는 남편에게 갈탄 채취 노동자 조르바를 덧입혀버렸다. 조르바 때문에 그는 나의 운명이 되었다. 내 말과 생각은 문학 전공자답게 안개처럼 허공에 떠 있었고, 그는 나처럼 머리로 세상을 살지 않고 다리를 땅에 디디고 사는 사람이라고 생각했다.

크레타 섬 이라클리온 니코스 카잔차키스 공항에 내려 찾아간 니코스 카잔차키스의 묘는 하늘에 닿아 있었다. 바다에 면한 땅끝은 아니었으나 사방이 트인 그 동네에서 제일 높은 언덕에 위치해 있어 마을이 내려다보였고, 시원한 바람이 불어왔다. 손끝에 느껴지는 바람에서 자유를 느꼈다.

돌바닥에 아무렇게나 박은 듯한 앙상한 나무 십자가가 강렬한 인상을 주었다. 하얀 시멘트 위 묘비명에는 무심하게 갈겨쓴 듯, "나는 아무것도 바라지 않는다. 나는 아무것도 두려워하지 않는다. 나는 자유다"라고 새겨져 있었다. 누군가 가져다놓은 지 오래된 듯 말라비틀어진 장미꽃을 싼 투명 비닐이 바람에 날리고 있었다.

묘비명은 조르바를 연상시켰지만 언덕을 내려오는 내내, 아니 한국에 돌아와서도 그 묘비명이 마음에 남았다. 먼저 자유하기 때문에 원하는 게 없고, 욕망 때문에 괴롭지 않은 게 아닐까. 자유는 귀납적이 아니라 연역적이어야 할 듯한데 순서가 바뀌었다고 생각했다. 그런데 조르바는 더 이상 원하는 게 없고 두려운 게 없어 자유라고 한다.

첫째, 나는 당신이 손에 쥔 활이올시다. 주님이여, 내가 썩지 않도록 나를 당기소서.

둘째, 나를 너무 세게 당기지 마소서. 주님이여. 나는 부러질지도 모릅니다.

셋째, 나를 힘껏 당겨주소서. 주님이여. 내가 부러진들 무슨 상관이겠나이까.

『영혼의 자서전』 첫 장에 나오는 그의 세 가지 기도를 읽으니 비로소 니코스 카잔차키스가 조르바의 경지에 오른 듯하다. 통쾌하다. 젠장, 활이 부러지든지 말든지 그는 살아갈 자신이 있는 거다. 아니, 그냥 부러진 화살이 자기 운명이라면 주어진 현실을 살아가는 것이다.

진정 그는 자유를 알고, 실현하고 있다. 자유는 인식이 아니라 실천과 행동이니 그런 면에서 카잔차키스가 옳은 듯하다. 그는 자유에서 자유로워진 것이다. 묘비명이 비로소 이해되었다. 마음 내키는 대로 해도 거칠 것이 없는, 공자가 말한 종심從心의 경지가 아닐까.

『그리스인 조르바』를 만난 20대 이후 파도가 밀려오는 바닷가에서 팔과 다리를 흐느적거리며 부주키 반주에 맞춰 춤을 추는 자유로운 영혼 조르바를 가끔 떠올렸다.

그리스를 여행하는 내내 버스로 이동하면서 이어폰으로 〈조르바의 춤〉을 들었다. 양떼가 초원 위에서 노니는 듯 파도가 잔잔한 이오니아해와 에게해, 지중해 해변을 바라보며 마음으로 팔을 들고 다리를 올리고 춤을 추었다. 아홉 뮤즈가 산다는 정령들이 하늘로 올라가는 모양을 한 사이프러스 나무숲이 울창한 파르나

소스산에서는 조르바를 떠올리며 흐느적거리며 춤을 추었다.

내 SNS 닉네임은 '자유롭고 쾌활하게'이지만 편견 앞에 맥없이 무너져 내리는 머릿속에서만 존재하는 개념일 뿐이다. 나는 모험을 원한다고 하면서도 잠자리가 불편하면 쉬이 잠들 수가 없고, 우연성과 즉흥성을 좋아한다면서도 예측 가능한 사람이 좋은 모순투성이다. 조르바를 흠모하고 조르바의 춤을 춘다 해도 결국 내 자유와 쾌활은 치기 어린 관념적 유희일 뿐이다. 조르바라니, 언감생심.

하지 않는 편을
　　택하겠습니다

○

하지 않는 편을 택하겠습니다 I would prefer not to do.

허먼 멜빌Herman Melville의 소설 『필경사 바틀비』에서 주인공 바
틀비는 출근한 지 사흘 만에 고용주인 변호사가 일을 시키자 이
렇게 말한다.

안 하겠다는 것도 아니고 안 하는 편을 택하겠다니 웃으며 이
글을 읽다가, 나중에는 하지 않을 자유를 호소하는 실존적 인간
의 자세가 느껴져 꽤 묵직하게 읽은 기억이 난다.

난해한 작품으로 부조리 문학의 최고봉이라는 『필경사 바틀

비』는 『백경』을 쓴 허먼 멜빌이 1853년, 서른네 살에 발표한 작품이다. 19세기 중엽에 이렇게 포스트 모던한 글을 쓴 그는 나다니엘 호손, 마크 트웨인과 더불어 미국 문학을 대표하는 소설가로 평가되지만 살아생전 명성을 얻지는 못했다.

뉴욕에서 태어난 멜빌은 열두 살 때 부유한 무역상이었던 아버지가 사업에 실패하고 세상을 떠나자 학교 공부도 중단하고 생계를 위해 일자리를 전전하다 힘들고 위험한 고래잡이배를 타게 된다. 1840년 1월 초 태평양으로 출항하는 고래잡이 여정을 떠나면서 그의 인생이 바뀌었다. 소설 『백경』이 탄생한 것이다.

바다가 배경인 문학 작품은 대부분 비극이다. 『노인과 바다』에서 노인이 싸워야 했던 물고기는 청새치이지만 『백경』의 상대는 차원이 다른 말향고래라는 거대한 흰 고래이다. 사납고 거대한 '모비 딕'이라는 흰 고래에게 한쪽 발을 물어뜯긴 에이허브 선장은 자기 손으로 그놈을 꼭 죽이고야 말겠다는 복수의 일념에 불타는 인물이다. 그는 대서양을 거쳐 태평양, 인도양으로 항해하다가 일본 열도 앞바다에서 그놈을 찾아낸다.

고래에게 작살을 명중시키고 득의양양하게 몸에 올라탔지만 정작 선장은 작살의 줄이 목에 걸려 바다 깊이 가라앉고 만다. 선장의 광기로 화자話者인 이스마엘만을 제외하고 배도 선원도 모두 수장되고 만다는 간단한 줄거리지만 19세기 초중반 고래잡이 현황과 고래 잡는 법, 고래 기름 만드는 법 등이 백과사전처럼 설명된 방대한 소설이다.

"나를 이스마엘이라 불러 달라Call me Ishmael."

소설의 주제를 관통하는 첫 문장이다. 이스마엘은 아브라함이 첩 하갈 사이에서 낳은 아들로 추방자, 방랑자, 아웃사이더이다. 망망대해에서 나무 관棺을 잡고 살아남아 이야기를 전하는 이스마엘 역시 고아나 다름없는 존재로 주머니는 비고 육지에 희망을 둘 수 없어 위험한 포경선을 탄 멜빌과 똑같은 신세다. 이스마엘은 멜빌의 분신이다. 방랑자와 아웃사이더가 역사를 바로 기록할 수 있다는 멜빌식 은유가 의미심장하다.

복수의 광기에 생명을 잃는 에이허브 선장은 어떤 인물인가. "이전의 모든 사람보다 여호와 보시기에 악을 더욱 행하고" 부인 이세벨을 따라 우상숭배에 동참해 비참하게 생을 마감한 왕(아합)이다. 인물들의 이름에서 소설의 결과가 예측 가능하기에 역설적으로 더욱 흥미진진하다.

이스마엘이 포경선을 타기 전 교회에서 들은 설교의 비유는 또 어떤가. 인도양이나 태평양으로 출범하기 전에 착잡한 심정의 어부들은 '선원들의 교회'로 들어간다. 한때 포경선에서 작살잡이를 했던 메플 목사는 니네베 성(당시 아시리아)으로 가서 전도하라는 여호와의 명령을 거부해 고래 배 속에 사흘 동안 갇히게 된다는 '요나서'에 대한 설교를 한다.

그는 신의 손에서 세상 끝까지 도망가는 것은 불가능하니 죄를 범하지 말고 만약 죄를 범하면 요나처럼 회개하라며 이 말씀은 여러분 선원들이 아니라 죄 많은 목사 자신에게 주는 교훈이라고 고백한다. 이 설교를 듣고 이스마엘, 아니 멜빌은 이제 비극적 결말이 예견되는 고래잡이를 떠난다.

『백경』의 무대이자 멜빌이 살던 19세기 세계 포경업의 중심지 메사추세스주 뉴베드퍼드New Bedford는 한때 세계 제일의 고래잡이 항구였던 명성은 어디에도 찾아볼 수 없을 정도로 한산했다.

나는 소설 속 무대인 '선원들의 교회'가 제일 궁금했다. 선원들은 항해를 떠나기 전 비장하고 겸허한 마음으로 무사귀환의 기도를 올렸을 것이다. 소설 속에서 뱃머리 모양으로 만들었다는 설교단은 어떤 모양일까 상상하며 교회로 들어갔다.

메플 목사는 설교 시작 전, "자아, 우현에 있는 분들은 좌현으로! 좌현에 있는 분들은 우현으로! 중앙 갑판으로! 중앙으로!"라고 말하며 선원들을 교회 중앙으로 모은다. 나는 목사가 설교했던 뱃머리를 닮은 설교단에서 요나의 이야기를 듣는 듯한 착각이 들었다.

교회를 죽 둘러보다 왼편 끝줄의 좌석 가장자리 벽면에 '허먼 멜빌의 자리Herman Melville's pew'라고 적힌 푯말을 발견했다. 멜빌이 포경선을 타기 전 예배를 보던 자리였나 보다. 세상 끝에서 바다로 내몰린 멜빌은 이 자리에서 무슨 기도를 올렸을까.

허먼 멜빌은 1857년 서른여덟 살 마지막 장편을 발표하고 절필한 후 뉴욕 세관의 감독관으로 지내다 1891년 9월 28일 아침, 일흔두 살에 영면했다. 그는 경제적으로, 정신적으로 대법원장인 장인의 도움을 많이 받았다. 그가 죽은 후, 아내 엘리자베스는 실패한 소설가였던 남편의 사망확인서 직업란에 세관원 대신 '작가'라고 기록했다. 처복이 많은 행복한 사람이었다.

생전에 소설가로 이름을 얻지 못한 채 직업인으로 살아야 했던 멜빌은 '하지 않는 편을 택'하고 자신이 하고 싶은 일을 하며 살고 싶었을 것이다. 하지 않는 편을 택한다는 표현은 하지 않겠다는 표현보다는 비겁한, 하지만 단호한 표현이다.

그는 미국에서 제일 크고 아름답다는 우드론 묘지Woodlawn Cemetery에 아내와 나란히 묻혀 있다. 워싱턴에 사는 동생 집에 머물던 나는 멜빌의 마지막을 보고 싶었다. 다섯 시간 넘게 운전해 오후 4시쯤 뉴욕 브롱스 우드론 묘지에 도착했다. 묘지 지도를 가지고 찾기 시작한 지 40여 분이 지나도 멜빌의 묘를 찾을 수가 없었다. 문 닫을 시간이 다 되어가자 그냥 돌아갈지 모른다는 불안감에 울고 싶은 심정이 되었다. 용기를 내어 입구로 돌아가 관리인에게 부탁하니 친절하게 자동차로 멜빌의 묘소까지 데려다주었다.

비석은 이 묘지 주인이 작가임을 나타내는 듯 종이 두루마리 형상이 조각되어 있었다. 어느 독자가 가져다놓았을 카라 꽃 다섯 송이가 저물녘 해를 받아 생기를 띠었다. 우리가 묘지 정문을 나서자 뒤에서 철문이 닫히는 소리가 났다.

　돌아오는 길, 하루 종일 수고한 동생에게 진한 향의 맛있는 커피를 사주고 싶어 '스타벅스'로 들어갔다. '스타벅스' 커피점의 이름이 『백경』에서 양심적이고 자연을 경외하고 커피를 사랑한 1등 항해사 스타벅이란 인물에서 따왔다는 사실이 문득 떠올랐다. 생전에 대접받지 못했던 소설가 허먼 멜빌은 이렇게 여러 가지 모양으로 불후_{不朽}하고 있다.

가벼우면서도
비장한

○

　배를 타고 베네치아로 들어가는데 비가 걷혔다. 오래된 건축물들이 멀리서 말갛게 얼굴을 드러내기 시작했다. 사람들 사이를 헤치고 뱃머리로 나가 카메라 셔터를 정신없이 눌렀다. 숲에서 나무를 볼 수 없고, 숲 밖에서 보아야만 제대로 된 형태가 보이듯, 미끄러지듯 베네치아로 들어가며 순간순간 달라지는 산마르코 성당의 종루와 돔들을 보는 기쁨을 누렸다.
　『동방견문록』을 쓴 마르코 폴로와 바람둥이 중에 꽤 괜찮은 인간성을 지녔다는 카사노바의 고향, 중세 지중해 지역과의 무역으로 이탈리아에서 가장 부유했던 도시, 노벨문학상 수상작

오르한 파묵Orhan Pamuk의 『내 이름은 빨강』에서 최고의 예술 도시라 격찬했던 곳, 바이마르 재상 시절 숨 막히는 일상을 탈출해 이탈리아 여행을 감행했던 괴테가 "운명의 책에 이미 쓰여 있다"고 했던 곳, 바로 베네치아다.

베네치아는 5세기 중반 투르크계의 유목기마민족 훈족의 침입을 받은 롬바르디아인들이 피난 와 몇 개 섬에 자리를 잡으면서 시작된 도시다. 조수 간만의 차가 많은 이곳 아드리아 바다 속 진흙에 나무 기둥을 박고 석회암과 대리석을 얹어 건물을 세웠다.

흙을 메워 만든 인공 섬과 자연 섬 등 120여 개의 섬들이 약 400개의 다리로 연결되어 있다. 홍수가 나면 바닷물 수위가 높아져 건물들이 물에 잠겨 안타까움을 자아내기도 한다. 모든 성취를 다 이룬 괴테를 그리 좋아하지 않지만 그가 묘사했던 18세기 후반이나 내가 보고 있는 베네치아의 모습이 다르지 않다는 사실이 가벼운 흥분을 안겨주었다.

해가 완전히 지고 하늘과 땅과 바다의 실루엣만 보이는 시간, 베네치아로 들어가는 배 한 척. 화면 위로 구스타프 말러의 교향곡 제5번이 낮고 음울하게 흐른다. 조금은 피로하고 강팍해 보이는 초로의 남자가 배 안에 앉아 베네치아의 풍경을 감상하고 있다. 토마스 만Thomas Mann의 『베네치아에서의 죽음』을 각색한 동명 영화 첫 장면이다.

엄격한 이성의 지배를 받던 자기 규율이 강한 작곡가(책에서는 작가) 구스타프 아센바흐는 '경직되고 차갑고 열정적인 일상의 작업실과 작품에서 도피하여 모든 짐을 내려놓고 아득하고 새롭고 해방되고 싶은' 마음으로 베네치아에 온다. 그런데 이 노작가가 호텔에서 그리스 조각상 같은 미소년 타지오와 마주친 순간 감정은 소용돌이친다. 베네치아 이전의 삶이 아폴론적이었다면 이후는 디오니소스의 삶이었을까. 작가는 해방되고자 이곳에 왔지만 미소년에게 사로잡힌 포로가 되었다. 그의 모든 감각은 타지오의 일거수일투족에 열려 있다.

토마스 만 스스로 작품의 주제를 동성애를 암시한 '늙어가는 예술가의 소년애'라고 말했지만 나는 이 작품을 동성애적 코드로 읽고 싶지 않다. 스러져가는 자신과 대비되는 젊음의 생동감을 아련한 시선으로 사랑했으며 생명을 가진 이상 죽을 수밖에 없는 존재의 허무감을 물 위에 떠 있는 도시, 베네치아라는 무대에서 표현했다고 생각한다.

세상에서 성취를 이루었다 할지라도 젊음의 아름다움에 휘청거리는 무력한 노인은 늙어 추한 외모를 감추려고 화장과 염색을 하고 빨간 넥타이로 멋을 내고 베네치아 골목을 소년 몰래 뒤쫓아 다닌다. 땀으로 범벅이 되어 염색약이 얼굴에 흘러 검은 줄을 긋고, 화장은 지워지고, 더욱 추한 모습이 된다.

콜레라로 관광객이 다 떠난 쓸쓸한 베네치아 해변에서 해는 수평선 아래로 저물어가고, 바다는 금빛으로 변하고 노인은 바다에서 경쾌하게 뛰노는 소년을 바라보며 죽음을 맞는다. 이 마지막 장면 위로 하루도 죽음을 생각하지 않은 날이 없다던 구스타프 말러의 교향곡 5번 4악장이 장엄하게 흐른다. 실제로 토마스 만은 말러를 이 소설의 모델로 삼았고, 영화 속 주인공은 말러를 닮았다.

베네치아에 가기 전에는 소설을 읽었고 돌아와서는 영화를 보았다. 소설에서는 구스타프 아셴바흐의 고뇌와 사랑이 전해져 왔고 영화에서는 음악이 흐르는 주인공이 베네치아로 들어오는 첫 장면과 해변에서 죽음을 맞는 마지막 장면이 강렬한 느낌을 주었다.

일본 만화 『베르사유의 장미』의 주인공을 모델로 삼았다는 배우 비요른 안드레센은 정말 매력적이었다. 아프로디테가 사랑한 아도니스의 모습이 그러했을까. 금발을 목까지 드리운 피부가 하얀 소년은 여자의 모습보다 아름다웠다.

배에서 내리자마자 나폴레옹이 세계에서 가장 아름다운 홀이라 했던 산 마르코 광장으로 갔다. 산 마르코 성당과 두칼레 궁전이 있는 광장에는 몰려드는 인파만큼의 많은 비둘기가 있었다. 이 성당은 이집트 알렉산드리아에서 전도하다 죽은 마르코

(마가) 유골을 모시기 위해 832년에 납골당으로 세웠는데 11세기 말에 현재의 모습인 5개의 돔과 높이 솟은 종탑이 인상적인 비잔틴 양식으로 재건되었다. 마르코는 베드로의 통역 비서였고 사도 바울을 돕기도 했다. 예수가 베푼 최후의 만찬도 마르코의 집 2층 다락방에서 있었다.

광장에서 성당을 배경으로 사진을 찍는데 왼편에서 바이올린 연주가 들려왔다. 나도 모르게 음악을 따라 발길을 옮겼다. 성장을 한 악사들이 고색창연한 건물 카페에서 연주를 하고 있었다. 1720년에 문을 열었다는 플로리안Florian 카페는 괴테와 바이런, 스탕달이 차를 마시던 곳이다.

카사노바가 여자를 유혹하기 위해 마셨던 사랑의 묘약이라는 12유로 정도의 다소 비싼 코코아를 마셨다. 달지 않아 좋았지만 너무 걸쭉해서 보약을 먹는 느낌이었다. 카사노바는 이 카페를 얼마나 좋아했는지 풍기문란 죄로 감옥에 갇혔다가 귀부인들의 도움으로 탈옥한 급박한 상황에서도 이곳에 들러 차를 마셨다고 한다.

베네치아는 미로 같은 도시이다. 운하와 골목은 넓어졌다 좁아졌다를 반복했고 다리를 건너면 낡은 집들과 가게들이 나타났다. 비슷한 풍경이어서 길을 잃을까 두려웠지만 활기차고 유쾌한 관광객들 사이에서 길을 잃은들 어떠랴 싶었다. 문득 땀을 흘리며 소년을 몰래 따라가던 구스타프의 모습이 떠올랐다.

저물 무렵 곤돌라를 탔다. 두꺼운 구름이 막 지는 해를 가려 음습한 분위기를 자아냈다. 두 사람만 앉을 수 있을 정도로 폭이 좁고, 배의 선미와 선두가 길고 날렵하게 올라간 곤돌라는 베네치아의 상징이다. 줄무늬 티를 입은 곤돌라 뱃사공은 영화에서나 책에서 본 것처럼 노래를 불러주지 않고 묵묵히 노만 저었다.

곤돌라는 매끄럽게 유영했다. 사공들은 좁은 수로를 지날 때에도 서로 부딪히지 않는 기술을 발휘했다. 곤돌라는 미끄러지듯 좁은 수로를 들어갔다가 바다로 나가기도 했다. 다리 밑으로 지나갈 때마다 낡은 건물들이 보이고, 세상 어디에도 없는 다른 풍경이 눈앞에 나타났다. 벽돌이 깨져나간 2층 발코니 어디에선가 베니스의 상인 샤일록이 나타날 것만 같았다.

완전히 해가 지자 집과 상점과 가로등에 노랗고 붉은 불이 하나둘씩 켜지기 시작했다. 물기를 머금은 약간 습한 더운 바람에 몸과 곤돌라는 기분 좋게 흔들리고, 반복되는 흔들림에 노곤한 느낌마저 들었다. 물에 반사된 불빛이 일렁였고 건물 그림자는 춤을 추었다.

나름대로 장식을 한 곤돌라에 탄 달뜬 분위기의 관광객들은 모두 행복한 듯 보였다. 수많은 유명 도시에서 만난 관광객들도 이곳 베네치아의 여행객만큼 행복해 보이지는 않았다. 음악을 좋아하는 C가 손전화에 저장된 음악을 풀어놓았다.

'언젠가 가겠지 푸르른 이 청춘, 지고 또 피는 꽃잎처럼……'

〈청춘〉이란 노래다. 인생의 허무함을 노래한 구스타프 말러의 교향곡 5번과 다름없는 주제가 아닌가. 갑자기 눈시울이 뜨거워졌다. 토마스 만도 이런 기분이었을까. 이곳에 머무는 동안 토마스 만이 작품의 무대로 왜 베네치아를 택했을까 궁금했다. 내가 〈청춘〉이란 노래를 들으며 감동했던 바로 그 느낌이 아니었을까.

베네치아는 유리와 가면 공예로 유명하다. 매년 1월 말에서 2월 초 열흘 동안 열리는 가면 축제에는 300만 명의 관광객이 베네치아로 들어온다고 한다. 그러고 보니 가면과 유리는 우리 인생인 듯하다.

인간은 욕망을 감추고 가면을 쓰고 순간순간 다른 페르소나가 되어 깨지기 쉬운 유리처럼 위태로운 인생을 사는 게 아닐까. 쉼 없이 만나는 물은 어떤가. 물은 흐르고 흘러 한순간도 같은 물이 없다. 찰나적이다. 물과 가면, 유리, 이 모든 상징성을 합친 것이 베네치아가 아닐까. 그래서 토마스 만도 이곳에서 죽음을 떠올렸는지 모르겠다. 물에서 흔들리는 베네치아는 가벼우면서도 비장한, 패러독스다.

수상 택시를 타고 완전히 어둠에 잠긴 베네치아를 빠져나왔다. 아직도 수많은 인파가 리알토 다리에 빼꼭히 서 있었다. 밤의 베네치아는 물 위에 출렁이는 불빛들로 인해 환상적인 느낌을 주었다. 삽상한 바람이 팔을 스쳤다. 어느새 한바탕 꿈같은 여행을 다녀온 듯 아득하다.

바이런은 왜

그리스에서 죽었을까

그들은 어디에 있는가, 그대는 어디에 있는가?

나의 나라여? 그대의 목소리 없는 해안에서,

이제 영웅 서사시는 고요하고

영웅의 가슴은 이제 더 이상 고동치지 않는구나!

그렇게 오래도록 성스러웠던, 그대 수금은

내 손과 같은 손안으로 퇴보해가야 하는가?

바이런 〈그리스의 섬들〉

그리스 아티카 반도 서남쪽 땅끝인 수니온곶, 포세이돈 신전

기둥에 새겨진 바이런George Gordon Byron의 시구이다. 바이런은 시 하단에 자기 이름을 새겼다. 나는 강한 햇빛이 반사돼 눈이 시렸지만 눈을 부릅뜨고 '바이런'이라는 이름을 찾아냈다. 스위스 몽트뢰 시옹성에서 '바이런'이란 글자를 발견했을 때보다 더 기뻤다.

영국 시인 바이런은 이 시에서 그리스를 '나의 나라'라고 했다. 그는 제2의 조국이 쇠퇴하고 터키의 지배를 받는 현실을 받아들일 수 없어 노예로 있는 한 술잔을 팽개치라며 그리스 독립에 강한 의지를 보였다.

시의 무대가 된 수니온곶은 에메랄드 빛 에게해가 장관이다. 시시각각으로 변해가는 하늘에 따라 바다 색깔은 주홍빛도 되고 보랏빛도 된다. 아테네에서 바다를 끼고 북쪽으로 두 시간여 달려야 하는 이 길은 선박왕 오나시스와 재클린이 데이트를 했다는 곳이기도 하다. 아름다운 것은 슬픔으로 통하는 것일까. 이곳은 영웅 테세우스가 크레타에서 괴물 미노타우로스를 퇴치하고 돌아오는 길에 살아 돌아왔다는 표시인 흰 돛을 올리지 않아 절망한 아버지 아이게우스 왕이 절벽으로 몸을 던졌다는 곳이고, 히폴리토스가 계모 페드라와 이루지 못할 사랑에 빠져 연인의 이름을 외치며 마차에서 떨어져 죽은 곳이다.

"아침에 일어나니 유명해졌다"라는 자신의 말처럼 젊은 나이에 부와 명예와 남작 작위까지 가진 바이런은 조국 영국을 등지고 그리스를 위한 독립운동을 하다 서른여섯 살의 젊은 나이로 그곳에서 세상을 떠났다. 나는 '시대의 전설'이었던 바람둥이 낭만주의 시인이 어찌하여 사랑을 위해서가 아니라 전쟁을 위해서, 그것도 남의 나라 땅에서 죽었는지 정말 궁금했다.

런던에서 태어난 바이런은 귀족 가문이었으나 방종하고 도박에 빠진 아버지로 인해 가난하게 자랐다. 바이런이 두 살 때 아버지가 프랑스에서 객사하자 어머니의 고향 스코틀랜드 에버딘에서 곤궁하게 살았다. 그러나 1798년에 큰할아버지가 사망하자 열 살의 어린 바이런은 작위와 재산을 물려받아 인생 역전이 시작되었다. 케임브리지 대학 트리니티 칼리지를 졸업하고 상원의원이 되어 귀족 자제들의 관습에 따라 유럽 여행을 떠났다.

그는 여행 중에 쓴 『차일드 헤럴드의 순례』로 스물네 살에 유명 작가가 되었다. 조각 같은 외모에 걸맞지 않게 태어날 때부터 다리를 절었던 바이런은 신체적 열등감을 극복하기 위해 승마, 수영, 권투, 사격 등 못하는 운동이 없었다.

바이런은 유명 시인에 뛰어난 외모라는 프리미엄으로 수많은 여인들과 염문을 뿌렸다. 결혼하고 딸도 얻었으나 이복 누나 오거스타 리와 근친상간 추문으로 영국 사회에서 매장당하게 되었다. 결국 아내와 이혼하고 1816년 4월 25일에 영국을 떠났다. 크나큰 명성과 오명을 함께 얻은 이때, 그의 나이는 스물여덟 살이었다.

스위스와 이탈리아 등에 머물렀지만 그리스의 자연과 역사, 문화에 탐닉해 그리스 문화에 대한 찬탄과 흠모, 그리고 과거 영화에서 쇠퇴하고 터키의 지배를 받는 나라에 대한 안쓰러움 등을 다룬 시를 많이 지었다.

그리스를 사랑하는 바이런은 런던에 있는 그리스 위원회로부터 터키에 항거해 독립하려는 그리스를 지원해달라는 요청을 받고 그곳으로 갈 결심을 한다. 1822년 이탈리아 제노바에서 같이 지내던 친구 셸리가 익사하고 실의에 잠겨 있었던 것도 그가 그리스로 간 또 하나의 이유일 것이다. 사비로 지원군을 조직해 1823년 12월 30일에 미솔롱기에 도착한 바이런은 임시정부 재정 책임자와 최고 사령관이 되어 군사들을 훈련시켰다.

미솔롱기는 온통 바이런의 도시인 듯했다. 아테네에서 서쪽으로 차로 3시간 거리인 이곳은 바다에 인접한 서부 지역의 전략적 요충지로 격전이 벌어졌던 곳이다. 전쟁 중 사망한 그리스인들을 기리는 '영웅들의 정원The Garden of Heroes'은 키 작은 야자수와 사이프러스 등으로 조경이 잘 되어 전쟁기념관의 느낌이 나지 않았다. 공원 중앙에는 1974년에 만들었다는 대리석으로 조각된 아주 큰 바이런 석상이 서 있다.

공원 안내인은 뙤약볕이 내리쬐는데도 바이런 상 앞에서 20여 분간이나 그리스가 터키군을 맞아 어떻게 싸웠는지 목소리 높여 설명해주었다. 바이런이 유럽에 그리스 독립운동에 동참할 것

을 호소해 많은 독일, 영국, 이태리, 프랑스인들이 참전하여 미솔
롱기 전투에서 전사했다고 했다. 바이런 석상 뒤로 1,500여 명의
전사자가 묻혀 있는 영웅들의 무덤이라 불리는 군인들의 묘지가
있었다.

　인근에 있는 3층짜리 바이런 협회Mesolonghi Byron Society에는 영어
뿐 아니라 그리스어로 번역된 바이런의 작품이 서고에 빽빽이
정리되어 있었고 바이런의 대형 초상화 여러 점, 바이런 흉상, 그
가 입었던 옷, 친필 작품 등이 잘 전시되어 있었다. 50대로 보이
는 협회 회장이 매년 5월이면 이곳에서 세계 각지에서 바이런을
연구하는 학자들이 모여 학회를 연다고 자랑스레 이야기했다.
건물 앞에는 알바니아 복장을 한 잘생긴 바이런 동상이 바다를
향해 서 있었다. 석양을 등지고 서 있어 실루엣으로 희미하게 보
이는 시인의 모습이 쓸쓸한 분위기를 자아냈다.

　바이런은 전쟁터를 열망했지만 아이러니하게도 실전에는 참
가할 수 없었다. 1824년 2월 15일 작전 회의 도중에 쓰러져 2개
월여 만인 4월 19일 오후 6시에 세상을 떠났기 때문이다. 미솔롱
기에 체류한 100여 일의 짧은 기간에 비하면 이곳에서의 그의 영
향력은 대단한 것이다. 아테네대학에서는 전쟁 중 불에 탄 집터
를 보존하기 위해 그가 죽은 지 100년 만에 대리석 기념비를 세
웠다. 설명서에는 그가 마지막 숨을 거둔 장소라고 쓰여 있었다.

　바이런은 시인의 직관으로 자신의 죽음이 가까워짐을 느끼

고 있었을까. 그는 쓰러지기 전인 1월 22일 〈오늘 내 나이 서른
여섯 살이 끝난다네〉라는 시를 지었다.

> 그대가 그대의 청춘을 후회한다면, 왜 사는가?
>
> 명예로운 죽음의 땅이
>
> 여기 있다. 전쟁터로 달려가,
>
> 그대의 목숨을 바쳐라!
>
>
> 찾아내라 ─ 찾는 이가 없고 어쩌다 눈에 띄는 ─
>
> 그대에게 가장 잘 맞는 병사의 무덤을,
>
> 그런 다음 주위를 둘러보고, 그대의 땅을 선택해,
>
> 영원한 휴식을 취하라
>
> 바이런 〈오늘 내 나이 서른여섯 살이 끝난다네〉 중에서

그의 유해는 방부 처리되어 영국으로 보내졌다. 여전히 고국
에서 인정받지 못했던 그는 가족묘지에 안장되었다가 145년이
흐른 1969년에야 웨스트민스터 사원 시인의 묘역에 이장되었다.
학자들은 바이런의 시에서 나온 인물을 '바이런적 영웅'이라
고 부른다. 바이런적 영웅은 정열적이고 통렬하게 참회하고, 끝
없는 항거를 하는 인물이다. 젊은 시절 무절제한 여성 편력과 방
탕한 생활을 참회하고 자유를 위해, 사사로운 욕심 없이, 남의 나

라 전장에서 죽음을 맞은 바이런이야말로 '바이런적 죽음'을 택한 게 아닐까.

시인은 총 한 번 쏘지 않고 군인의 이름으로 죽었다. 그가 전장에서 장렬하게 최후를 맞았다면 드라마틱한 죽음일 수 있으나 시인의 죽음에는 어울리지 않는다. 그는 헤라클레스나 스파르타의 레오니다스 장군처럼 멋진 영웅의 서사시를 쓰려고 했지만 그의 시는 미완성으로 남았다. 조지 고든 바이런, 그가 영원한 시인으로 남아 있는 이유이다.

달도 차면
　　기울고

언젠가 그리스를 여행한다면 고대 철학자들의 도시이며 민
주주의의 태동지인 아테네나, 하얀 벽과 파란 지붕이 눈을 시원
하게 하는 산토리니보다도 신화와 종교와 고대 문화가 공존해
있는 코린토스에 꼭 가보리라 생각했다.

도리아, 이오니아, 코린토스 순서로 문양이 화려해진다고 미
술 시간에 배운 대로 실제로 본 코린토스 스타일은 화려하면서
도 우아했고 세련되고 기품이 있었다.

성경에 나오는 고린도로 익숙한 코린토스Corinth는 그리스 본
토와 펠로폰네소스를 잇는 육상 교통과, 이오니아해와 에게해를

잇는 해상 교통의 요지로 상업과 무역으로 크게 번영을 누린 부유한 도시 국가였다. 기원전 5,000년부터 사람들이 거주했고, 기원전 8세기에 도시가 형성되어 5세기에는 중요한 폴리스 중 하나가 되었다. 오래된 도시인 만큼 일찍이 신화에 등장해 지상 최고의 악녀 메데이아와 부조리한 노동의 대명사인 시시포스Sisyphos의 무대가 된 곳이기도 하다.

코린토스는 '남자는 술에 취하고, 여자는 웃음을 판다'라는 말이 있을 정도로 향락 산업이 꽃을 피웠다. 보통 여자들은 말할 것도 없고 아프로디테 신전의 여사제들도 매춘을 했다고 하니 도덕적 타락이 어느 정도인지 짐작할 수 있었다.

쾌락과 탐욕의 도시여서 전도가 더 필요했을까. 사도 바울이 49년 이곳을 방문해 교회를 세우고 1년 6개월 동안 전도하다가 갈리오 총독에게 잡혀 심문을 받기도 했다. 바울은 훗날 애욕과 욕망의 침전물인 증오와 질투로 마음이 어지러웠을 코린토스인들을 위해 '사랑은 모든 것을 참으며 모든 것을 믿으며 모든 것을 바라고 견딘다'는 일명 사랑장인 고린도 전서 13장을 남겼다.

알렉산더 대왕이 지혜를 얻고자 세상과 유리된 채 커다란 항아리에 들어가 개처럼 살던 거리의 철학자 디오게네스를 만난 곳도 바로 이 코린토스다. 당신을 위해 무엇을 해주겠느냐고 했을 때 햇빛을 가리지 않게 비켜달라고 했다는 일화는 너무도 유명하다. 대왕은 화를 내지 않고 내가 황제가 아니라면 디오게네스처럼 살았을 것이라고 했다고 하니 전쟁도 잘했지만 마음도 잘 다스렸나 보다. 향락의 도시 코린토스에서 자연에 순응하면서 단순하고 소박한 삶을 실천한 디오게네스 같은 인물이 나온 것은 아이러니이자 필연이었을 것이다.

코린토스는 옛 영화는 사라지고 기단이나 주춧돌, 돌무더기만 남아 있었다. 노랗고 하얀 들꽃이 무채색으로 변한 옛 유적들과 쓸쓸한 대조를 이루었다. 한때는 건물의 중요 부분이었을 돌들이 이끼가 낀 채 여기저기 아무렇게나 누워 있었고 관광객들의 눈치를 보는 노회한 개들만 어슬렁거렸다. 폐허가 된 신전, 극장, 장터, 목욕탕, 수로, 아고라의 모습을 상상하며 주변을 거닐었다.

낮은 돌들 사이로 38개의 기둥 중 비록 7개만 남았지만 이곳에서 제일 보존이 잘 된 아폴론 신전만 외로이 우뚝 서 있다. 6미터 높이쯤 되는 거대한 기둥은 하나의 석회암으로 만들어졌다.

아폴론 신전을 뒤로하고 사진을 찍는데 바로 앞에 석회가 살을 드러내는 야트막한 산이 눈에 들어왔다. 가이드가 시시포스산이라고 했다. 세상에! 시시포스산이라니. 신에게 벌을 받아 굴러떨어질 것을 알면서도 커다란 돌을 등에 지고 올라가 정상에 올려놓는 일을 수없이 반복해야 했던 그 산이라니…….

일정에는 없었지만 일행은 산을 오르기로 했다. 회백색 바위산인 시시포스산은 높진 않았지만 신화의 무대라서 그랬을까,

장엄한 느낌이 들었다. 산이라고는 하지만 나무나 풀이 거의 없어 한번 떨어지기 시작한 돌은 가속도가 붙어 굴러떨어졌을 것이다. 시시포스는 저 바위산을 어떻게 올라갔을까.

꾀 많은 코린토스의 왕 시시포스가 죽어서 저승에 갔는데 아내가 장례식을 베풀어주지 않았다. 화가 난 시시포스는 사흘 말미를 얻어 아내를 혼내고 돌아오겠다고 하데스에게 간청했다. 그러나 목적을 달성한 시시포스는 약속을 지키지 않고 오히려 죽음의 신 타나토스를 감금했다. 그리스인들이 두려워 입에 올리지도 못하는 지하세계를 관장하는 하데스는 계산적이고 얄팍한 시시포스를 곧바로 응징했다.

한창 실존주의에 빠져 있을 때 카뮈를 읽었다. 시시포스를 우리 인생에 비유한 카뮈는 시대의 반항아답게 끝없이 돌을 들어 올려 산에 올리는 행위를 '부조리'라 했다. 하지만 인간은 부조리하고 불합리한 줄 알면서도 어쩔 수 없이 그 행위를 반복해야 한다. 모두 저마다의 큰 바위를 지고 인생이란 험한 산을 오른다. 그런데 그 바위는 다시 굴러떨어지기에 정상에 올려놓는다 해도 무엇을 성취한 것은 아니다.

내가 지고 올라가고 있는 커다란 바위는 무엇일까 생각하며 산을 올랐다. 높이는 570여 미터에 지나지 않지만 때로 언덕은 숨이 막히게 높아졌다. 겨우 작은 배낭 하나 등에 지고 오르는 데도 땀이 나고 숨이 차는데, 커다란 바위를 지고 언제 끝날지 모르는 일을 반복해야 했던 시시포스는 얼마나 절망스러웠을까. 그래도 그는 관성처럼 바위를 등에 졌을 터이다. 우습게도 나는 그 순간 그에 비하면 내가 지고 있는 인생의 짐은 너무도 가볍다는 사실에 위안을 받았다.

시시포스산 정상에 오르니 에게해와 이오니아해가 한눈에 들어왔다. 발을 디디고 있는 땅이 반도처럼 솟아 있어 양쪽으로 바다가 보이는 게 신기했다. 파란 하늘 위에 길게 늘어놓은 듯한 하얀 UFO 구름 모양은 컴퓨터 배경화면으로 쓰고 싶을 만큼 장관이었다. 땀을 식혀주는 적당한 온도의 바람은 고된 노동 뒤의 축복이었다. 키 작은 풀들은 바람 탓에 한 방향으로 누워 있었다.

메데이아가 아버지를 배신하고 연인 이아손을 도와 황금양털을 들고 고향 콜키스를 떠나 이곳 코린토스로 올 때 뒤쫓아 오는 배를 따돌리려 남동생의 시신을 토막 내 버린 곳도 저 바다 어디쯤일 터이다.

귀로에 코린토스 운하를 들렀다. 아테네항을 출발한 무역선들이 남쪽으로 가기 위해서는 에게해 남단을 거쳐 지중해로 나아가 이오니아해로 진입해야 했다. 이오니아해와 에게해를 잇는 제일 잘록한 지역인 코린토스에 6.3킬로미터의 운하를 만들어 700킬로미터나 돌아가야 하는 운항 거리를 단축했다.

1893년에 완공되어 한때는 많은 무역선들이 넘나들었지만 가장 너비가 넓은 부분이 21미터 정도로 좁아서 선박의 규모가 커진 지금은 관광객을 실은 크루즈와 조그만 화물선만 다닐 뿐이다. 사람의 손으로 파낸 칼로 자른 듯한 절벽 사이 좁은 수로와 파란 바다가 아찔하게 보인다.

코린토스 운하에서 인증샷을 찍고 인근 카페에 앉아 커피를 마셨다. 달도 차면 기울듯 영화는 영원하지 않아 코린토스는 왠지 쓸쓸한 느낌을 주었다. 하지만 시시포스산의 은유를 생각하니 마음이 하르르 환해졌다. 마치 앞으로 견뎌내지 못할 일이 없다는 듯.

불안한 행복

ⓒ 김미원, 2021

초판 1쇄 인쇄일 2021년 2월 10일
초판 1쇄 발행일 2021년 2월 25일

지은이 김미원
펴낸이 사태희
편 집 최민혜
디자인 권수정
마케팅 장민영
제작인 이승욱 이대성

펴낸곳 (주)특별한서재
출판등록 제2018-000085호
주 소 04037 서울시 마포구 양화로 59, 703호 (서교동, 화승리버스텔)
전 화 02-3273-7878
팩 스 0505-832-0042
e-mail specialbooks@naver.com
ISBN 979-11-88912-05-6 (03810)